KB076594

오봉선생의 아름다운 인생을 위한 에세이집

삶의 비탈길도 오솔길을 산책하듯이 가자.

오봉 김정곤 지음

삶의 비탈길도 오솔길을 산책 하듯이 여유롭게 즐기면서 가면 멋있고 아름다운 길이 된다.

세상의 경치도 아! 이런 것도 있구나?
감상하면서 자연과 소통하고 여유롭게 즐기면서 가면 세상이 잘 보여 비탈길도 힘들지 않고 시련도 화하여 즐거움이 되어 희열이 되고 아름다워지는 것이 이치이다.

삶은 정해진 것이 아니라 자신의 참진 모습으로 길목의 때에 따라 자신의 때로 아무도 가지 않은 길을 개척하는 즐거움으로 자신에게 착함인 선한 길로 나아가는 것이며 그 길은 아름다운 길이다.
그러면 새로운 멋지고 아름다운 꽃길이 하나 더 생기는 것이다.
그것이 인생의 한 획이다.

작가의 생각

세상의 살아가는 데는 사람마다 다른 기준이 있다.
사람으로 태어났으니 좋은 것도 같고 나쁜 것도 같다는 것은 너무 보편적인 것이며 사람을 하나의 동질성으로 보는 단순한 것이다.

사람은 각각의 개인으로 존재하며 생각도 다르고 행동의 폭도 다르니 당연히 다른 것이다.
그래서 개성을 가지며 특성도 있고 재능도 있다.
이를 각자의 본성이라 하며 성정이고 성질이다.

본래의 뜻과는 다르게 성정은 좋은 말이 되고 성질은 과도함을 표시하는 나쁜 말이 되었다.
그래서 성정은 자신의 본모습의 순수함이고 성질은 과도하게 밖으로 드려내는 것이라 더욱 나쁘게 사용이 된다.
그래서 사람들이 흔히 "그 사람 성질을 부린다."는 말을 사용하기도 한다.

사람은 누구나 성질을 가지고 있다.
이는 자신을 사수하려는 고집이기도 하고 자존심이 되기도 한다.
그렇지만 이것이 지나치고 과한 것이면 좋지 못하고 흉이 되는 것이다.
지나치고 좋지 못하다는 것의 기준도 본인에게 있는 것이다.
세상에 있다고 생각을 하면 항상 눈치를 보고 살아가야 하는 세상이라 고달픈 것이 된다.

이세상의 자신의 삶은 자신의 기준에 의해서 그 기준을 바르게 세우면서 살아가면 바른 생활이 되고 그것이 바른 길인 정도이며 자동으로 사회에 모범이 되는 것이다.

여기에 중대한 착각이 있을 수 있다.

자신의 기준이라 하니 자신 마음대로이라는 것은 절대 아니다.
태어나면서 다른 사람과 절대적으로 구분되는 유일한 것으로 아주 자연적인 것이 있다.
그것이 마땅함의 시의이며 생년월일시의 탄생의 때이다.

실제 시간은 보이지 않지만 밤낮은 보인다.
각자의 보이지 않는 시간의 공간을 보이는 공간으로 충분히 해석할 수 있으며 이해를 잘하면 정신적인 형이상이나 물상적인 형이하도 볼 수 있다는 의미이다.

바로 자신의 순수함 참진 모습이다.
마땅히 참진 모습을 이어서 발전시키고 잘 가꾸며 바로 세우는 것이 자신의 바른 삶이다.

여기에 세상의 눈치는 더욱 필요가 없다.
세상에 조화질서의 마땅함으로 자신이 이 세상에 태어났기 때문이다.
자신만 바로 하면 자동으로 세상은 조화롭게 되는 것이 이치이고 섭리이다.
지독한 경쟁도 없다.
당연히 즐겁고 아름답게 살아가며 결과를 염려할 필요는 더더욱 없다.

이 참진 모습이 자신의 기준이다.
이를 잘 유지 발전하는 것이 자신의 바른 생활이다.

자신의 바른 모습으로 정해진 아무도 가지 않은 자신의 길을 따라 이탈하지 않는 행진이 있을 뿐이며 그것이 운행이다.
지구가 태양의 궤도를 잘 운행하는 것과 같다.
이탈하면 흉한 길이 되고 자신이 추해지는 것이다.

자신의 의도와는 관계없이 변화질서의 마땅함으로 이세상인 지구에 왔지만 즐겁고 아름답게 살다 가야하는 사명과 소명을 가진 것이 각자의 사람이다.

사람은 세상의 기준으로 살아가는 것이 아니라 각자의 참진 모습의 기준으로 살아가야 즐겁고 아름다운 삶이 된다.

끝으로 수필집을 만들면서 같은 단어가 많이 사용되며 자세히 보면 거의 같은 내용이라 지루할 수도 있을 것이다.
각자가 본인에 맞게 잘살아가는 단 하나의 방법에 관한 것이니 그래도 읽어보시면 좋음이 같이 할 것으로 생각을 한다.

이는 실제 상담을 하면서 느낀 것 중 하나가 반복해서 이야기를 해도 오봉의 전달방법이나 설득의 역량에 부족함이 많아서 인지 계속 상담을 받으러 오는 분이 많이 있다.
물론 다른 상담내용을 가지고도 오지만 같은 것으로 오는 분도 있다.

이는 오봉의 부족한 능력도 포함이 되지만 습관화하고 자연스럽게 습성으로 가지 못한 결과도 조금은 포함될 것이다.
자연스럽게 습성이 되면 희열의 즐거움과 아름다움이 같이 하기에 꼭 의도하지 않으면 올 필요가 없기 때문이다.

물론 노파심이기는 하지만 반복 주입하여 억지로라도 이 책을 다 읽을 무렵에는 자신에게 선한 길을 찾고 알기를 바라는 마음에서 이다.

그리고 정말 고마워하고 감사해야 하는 분이 있다.
이 글을 쓸 수 있도록 배려와 힘을 준 나의 사랑하는 아내 박서연님과 BOOKK의 관계자님에게도 고맙고 감사의 마음을 진심으로 전한다.

CONTENT

1. 진선미는 순수한 모습이고 선이고 멋이고 아름다움이다.

사람은 자신을 꾸미는 화장을 하고 멋있는 옷을 입기를 좋아한다.
그것은 당연한 것이며 잘 가꾸어 잘 보이고자 하는 욕망과 멋있고 싶고
아름다워지고 싶은 소망이 있기 때문이다.
그렇지만 아무리 좋은 화장품을 사용하고 명품의 옷을 입어도 자신과 맞
지 않으면 어색하고 멋이 없으며 오히려 추해 보이기까지 한다.

그것은 자신의 욕심으로 과함이 있는 과 포장으로 과식(過飾)이 되기 때문
이다.
본모습을 잘 가꾸어 드러내기보다는 자신과 다른 거짓된 모습을 드러내고
자 하는 가식(假飾)도 있기 때문이기도 하다.
이런 행동은 자신에게 초라함만 가중시키니 가꾸지 않은 순수함의 본모습
보다도 더욱 추해 보이는 것은 마땅함의 질서가 된다.

사람은 때의 마땅함인 시의로 태어났기에 자신에게 마땅함을 갖추어야 멋
있다.
그래야 즐겁고 아름답게 살아가는 재미가 있는 것이며 그것이 희열이고
광명이고 환희이니 행복이다.
여기에 맞는다는 말은 다른 사람과 구별되는 자신의 명확한 기준이 되는
것이다.
세상에서 좋은 것이 자신에게 다 좋은 것은 결코 아니다. 라는 의미이며
자신에게 맞는 것이 진정 자신에게 좋은 것이며 멋있고 아름다운 것이 된
다.
자신에게 맞는 행동이 자신의 바른 생활이며 자신에게 착함인 선한 행동
이다.
선한 행동이 자신의 방정한 모습이니 사회의 모범이 되는 것이다.

사회도 아름다운 세상이 되는 것이다.

그래서 자신에게 방정한 모습이 사회의 모범이 되어 상을 주고 장려를 하는 것이다.

방정한 모습을 가지지 않은 사람에게는 벌을 주어 격리를 하는 것이다.

변화 질서의 원칙이다.

그래서 지금은 잘 모르지만 과거에는 초등학교의 상을 줄 때 항상 들어가는 문구가 "품행이방정하고 모범이 되어"라는 말이 꼭 포함이 되었다.

자신에게 맞는 것을 잃고 모르는 사람이 많은데 이를 아는 것은 매우 중요하다.

우리의 조상님께서 지혜로 보이도록 아주 잘 만들어 두셨으며 하면 즐거운 일이다. 하면 잘 하는 일이다.

그것이 자신이 좋아하는 일이며 자신이 좋아하는 일은 반드시 있다.

그것을 하면 좋음이 가승되어 더불어 모든 세상이 것이 좋은 것이며 아름답다.

그런데 좋아하는 일을 잊거나 착각하여 하지 않고 다른 일을 하고 살아가는 사람이 대부분이며 그 핑계가 추하지만 멋지게 보일 뿐이다.

잘 살기 위해서라든지 가족을 먹여 살려야 하는 의무감 때문이다. 이런 말은 추한 그냥 핑계일 뿐이다.

물론 세파에 혼탁 되다 보니 충분히 그럴 수가 있으며 그것도 사람이기 때문에 가능한 일이다.

다소 변화되었을 소지도 충분히 있지만 근본은 변하지 않는 것이 진리이다.

모든 것이 다 변하는 세상으로 변역의 세상이지만 그 속에서 변하지 않는 불변의 법칙도 있다.

변역 속에 불변의 진리를 알고 수시로 변화된 것을 다시 고치고 바르게 나아가는 것은 사람이기 때문에 가능하다.
자신의 태어남으로 생년월일시인 시의성은 불변이다.
이것이 변하면 자신의 태어남이 없다.

사람은 항상 변하지 않는 자신의 시의성을 잘못된 성질로 변화시켜 그것으로 행동하고 나아가는 것이 불선(不善)이고 고치고 바르게 행동하며 나아가는 것이 선(善)이다.
불선으로 나아가는 것을 너무 멀리 가지 않고 돌아오도록 위해 조상님께서 변화 질서로 고치는 날인 한 칠을 정해 놓고 있다.
요즈음 말로 일주일에 한번이다.
옛날에는 아기가 태어난 집은 일주일간 왕래를 하지 않고 조심을 한 적도 있다. 8일이 되면 이웃사람들이 보러 오며 왕래를 시작하니 이때부터 세상과의 소통이 시작되는 것이다.
항상 시작 전에 점검을 하고 자신을 바로 하라는 의미가 내포되어 있다.

자신의 태어난 날에서 일곱 번째 날이며 한 칠이라 하고 순환하면서 살아 있는 동안 변하지 않고 연속되는 주기이며 자신을 되돌아보는 날이 된다.
현대에 와서 꼭 어렵게 생각할 필요가 없이 적어도 일주일에 한 번은 꼭 자기반성을 하고 성찰을 하여 자신을 바로 하는 것이다.
그리하여 꼭 지키고 나아가는 것이 자신에게 선함이며 선한 길이다.

자신의 순수함인 참진 모습을 이어서 잘 가꾸는 것이 자신에게 착함인 선이며 선을 가꾸는 데는 정열적인 열정이 같이 하니 그것이 희열이며 그 행동이 마땅히 아름답게 보이는 것이며 그것이 미이다.
자신에게 착한 행동은 좋은 것이며 희열이니 즐거운 것이며 아름다운 것이며 행복이다.

이것이 진선미이며 결과는 염려할 필요 없이 마땅히 아름다운 것이다.
그래서 미래를 두려워하거나 의심할 필요가 없는 것이며 미래도 역시 아름다운 것은 당연하다.
두려운 것은 자신에게 선하지 못한 불선에 있다.
불선은 나쁜 것이며 고통이며 추한 것이고 이를 악이라고도 하니 불행하게 만드는 것이다.
당연히 미래도 추한 것이 된다.

우리 조상님께서 보이지 않는 시의성을 보이는 시의성으로 잘 만들어 두셨으니 후손들의 행복이다.

혼탁 되어 자신이 하면 즐거운 일, 하면 잘하는 일을 모르겠으면 시의성의 성정으로 되돌아 가 찾으면 된다.
그것이 자기반성이고 자기성찰이기도 하다.

시의성의 순수한 참진 모습에는 본성과 특성이 표출하는 개성도 나와 있으며 당연히 재능도 표출하고 있다.
이것으로 진로와 직업을 결정하고 나아가면 그것이 자신에게 착함으로 선하게 행동하는 것이다.

살아온 길이나 경험한 것들을 되돌아보면서 자기성찰을 하면 "이상한 변호사 우영우"의 모습같이 바람이 머리카락이 날리고 고래 한 마리가 나타나는 것처럼 자신의 또 다른 모습으로 섬광이 번쩍하며 광명의 징조가 보일 것이다.
그것으로 하면 당연히 원하는 바를 이루는 것이다.

2. 고집은 잘못 사용하면 추해진다.

고집을 사람들은 좋지 못한 것으로 많이 생각하고 있지만 그래도 자신의 고집을 잘 내려놓지 못하니 차라리 그 고집을 변화시켜보자.

고집은 잘못 사용하면 소통이 되지 않아 추해지지만 잘 사용하면 주관이 되어 크게 성공하여 대성한다. 그러니 고집이 세다고 자신을 비하할 필요가 없으며 잘 가꾸어 나가면 당연히 좋은 장점이 된다.

사람은 완벽하지 않으며 단점과 장점을 다 가지고 있는 구조로 되어 있고 잘 살아가는 방법은 당연히 장점을 살리는 것이 선하고 아름다운 방법이며 못 살아가는 것은 단점의 성질로 더욱 나아가는 것으로 불선이고 추한 방법이다.

좀 더 깊이 있게 들여다보기 위해 역의 측면에서 들여다본다.
물론 역에서도 천체물리학처럼 수치화하지는 못하고 있으니 완벽하지는 못하고 인간은 할 수 있는 한계를 가진다.

우주의 별들에 가장 많은 구성 원소 중 수소의 음양인 양자와 전자를 분리하는데 섭씨 10,000도 이상의 열에너지가 필요하다고 한다.

열이라는 것은 움직임의 활력이 되는 것의 역학적 의미는 천체물리학과 동일하다.
사람이 체온을 유지하지 못하면 움직임이 없어 죽는 것이다.
고집이라는 것은 자신의 본래인 것을 유지하고자 하는 단순한 성질이다.
외부의 침범으로부터 자신을 지키려는 무조건의 성질이 되기도 하는 것이다.

그러니 10,000도의 열을 가하면 사람은 살아갈 수 없지만 고집을 줄이는 데도 많은 움직임인 열이 필요 하는 것은 마땅함의 질서이다.

사람은 태어나면서 자신의 마땅함인 시의에 의해서 자신이 결합된 오행의 가지고 태어났다.
이 결합은 완전한 결합이 아니라 다른 물질인 자연이나 사람과 결합하면서 살아가는 것이 생활이다.
이 결합을 이루는 데 온도도 필요하지만 주도하는 것이 시간인 때가 된다. 각각의 시각인 때의 범주 안에서 이루어진다는 의미이다.

팔팔하게 살아가는 의미로 여덟 개와 여덟 개의 결합이 사람의 인간관계인 궁합이 된다.
오행이라는 것은 다섯 개이며 음양을 가지니 모두가 열 개이지만 사람은 여덟 개만 가지니 팔자이다.
이것이 태어난 해와 달 날 때를 표출하는 것이다.

음양의 결합으로 공간이 양의 공간 네 개 되며 음의 공간 네 개이다.
음양의 공간으로 제자리를 점유하게 된다고 하더라도 절대적으로 두 개가 부족한 것이 이치이다.
이 절대적으로 부족한 것과 공간을 점유하면서 부족한 것이나 과한 것도 있으니 이를 보완하여 자신을 세우는 것이 바른 생활이다.
이미 채워있는 것들이 새로운 것이 들어오는 것을 무조건 방해하는 것이 고집이 된다.
자기가 점유하고 있는 자리가 위태할 것이라는 추한 생각 때문이다.
불완전한 결합의 정도나 위치 공간에 따라 고집의 크기가 형성되는 이유이다.

양과 음이 하나의 나무 기둥으로 되어 있으며 그런 기둥이 네 개라 사주이다.

하나 기둥에 같은 오행으로 구성되어 있는 기둥을 간여지동이라 하며 같은 성질이니 고집이 센 기둥이 된다.

같은 기둥 중 자신을 대표하는 생일의 기둥이 될 때를 일주라 하며 그 성질이 더욱 강렬하다.

많은 인생 삶의 상담을 하지만 생일이 같은 오행의 성분인 하나의 기둥으로 된 사람 중 고집이 세지 않는 사람은 단 한사람도 아직까지는 보지 못했다.

생일 중 위에 있는 천간을 자신의 대표하는 오행이라 하고 이를 기준으로 결합관계를 표출한다.

사주팔자의 나머지 일곱 개중 이와 같은 오행이 많을 때도 당연히 고집이 센 것이 섭리이다.

많다는 것은 자신의 것을 포함하여 세 개 이상일 때의 기준이다.

그것은 자신의 오행과 같은 기운이 강하기에 마땅함의 결합 질서이기도 하다.

자신의 대표하는 오행과 관계없이 다른 오행의 하나가 편중되어 많을 때도 그 오행이 상징하는 성질로 고집이 센 사람이 된다.

역학에서 본 더욱 강한 고집을 상징하는 것을 들여다보았으며 이 이외에도 각 오행의 특성이나 천간 지지에 따라 표출하는 고집을 다 가지고 있다.

당연히 살아있는 사람이기 때문이고 그것이 자존심이 되기도 하는 것이다.

예를 들면 천간의 첫 시작인 갑은 오행으로 목이며 갑목(甲木)의 고집은 자기 주관을 상대에게 주입시키고 관철하고자 하는 고집으로 생각이 다른 사람이 볼 때 피곤할 수 있는 고집이다.
교화하거나 자신의 것으로 만들고자 하는 집착의 고집이다.

다섯 째 천간인 무는 오행으로 토이며 무토(戊土)는 땅이라 움직이기 싫은 곰 같은 고집으로 변화를 싫어하는 고집이다. 자극하지 않으면 고집을 표출하지 않는 묵묵한 고집이지만 심한 자극을 받아 발동하면 그 고집은 꺾을 수가 없으며 중심을 지키고자하는 고집이다.

아무리 센 고집이라도 잘 사용하면 주관이 강한 사람이 되어 리더가 되고 리더십이 강한 지도자가 된다.
정도에 흔들림이 없도록 그것을 기본으로 하고 소통하며 잘 가꾸어 유지 발전하며 자신의 선함으로 키워 세상을 아름답게 하는 사람이다.

주관에는 소통을 잘하는 겸손의 의미도 같이 들어 있다.
하늘인 자연에 대한 겸손이고 세상에 대한 겸손이고 사람에 대한 겸손이니 상대를 존중하는 의미이다.
겸손은 상대존중의 의미가 항상 같이 하는 것이 섭리이다.
그런데 주관이 오만 교만 자만으로 연결되면 그것은 그저 고집일 뿐이다.
소통이 없는 사람이니 불통의 사람이다.
자기만이 최고이며 자신만이 모든 것을 할 수 있는 사람으로 착각을 하니 조화를 모르며 세상을 추하게 만드는 더러운 사람이다.
당연히 불통의 세상을 스스로 만드는 사람이라 태평시대의 아름다운 세상은 기대할 수 없다.

주관이라는 말은 매사 굳게 버티는 성미의 고집과 다른 것이며 사전적 의미에서도 잘 나와 있다.

"자신만의 견해 관점과 외부 세계나 현실 따위를 인식 체험 평가하는 의식과 의지를 가진 존재"이다.

여기에 "자신만의 견해 관점"은 정도를 말하고 근본은 변하지 않는 불변을 말하고 자신의 순수함인 본성이며 보유 오행의 결합 성정으로 참진 모습이다.

"현실 따위의 인식 체험 평가하는 의식과 의지"는 변하지 않는 것이 없는 세상의 변역을 말한다.

주관이라는 것은 세상과 자신과 자연과의 조화를 위한 소통으로 자신을 바로 세우는 큰 그릇을 의미하며 자신에게 착함인 선한 행동, 선한 생활을 의미한다.

고집은 불통의 단어이며 주관은 소통의 단어가 된다.

더 깊이 들여다볼 필요도 없다.

고집을 소통의 단어로만 변경하면 큰 그릇인 주관으로 되는 것도 간단한 원리이다.

고집이라는 것이 단순한 버팀의 강한 의지이니 충분히 변화시킬 수 힘과 능력을 스스로 가지고 있다.

복잡하면 생각이 많아 행동이 느리고 기회의 때를 놓칠 수 있지만 고집은 의지만 있으면 간단하게 처리가 가능하다.

이를 잘 이행하면 당연히 성공하여 대성을 하는 사람으로 즐겁고 아름다운 세상에서 살아가는 것이다.

3. 기억력이 좋은 사람

기억력이 좋은 사람은 단점보다 장점이 많은 사람이지만 잘못 사용하면 치명적인 결함이 된다.

기억력이 좋은 사람은 암산도 잘하고 암기를 잘 할 것이니 공부하는 데도 좋고 매사 잊어버리는 일도 거의 없어 세상사 살아가는 데 편할 것 같지만 나이가 들어가면서 연륜과 함께 힘든 것이 가중될 가능성이 아주 높다.
그래서 이분들은 꼭 버려야 할 것이 있다.
나쁜 기억이다.

기억력이 좋은 사람은 나쁜 기억도 잘하는 것은 당연함의 이치이다.
하지만 이를 버리지 않으면 본인만 스트레스와 고충이 있는 것이며 그 말이나 행동을 한 상대는 이미 까먹고 모르지만 본인은 갈수록 더 집착하여 내재적으로 갈등을 하니 본인에게 심각한 손해가 되는 것이다.
뿐만 아니라 자신이 상대를 나쁘게 한 기억도 잘한다.
치명적인 나쁜 기억이다.

이 모두가 자신을 헤치는 기억이니 자신에게 나쁨인 흉이 되는 것이며 나아가 심한 질병으로 몸을 해칠 수도 있는 것이다.
이런 기억은 버리는 것이 당연함하지만 생각보다 잘 되지 않는 것이 섭리이다.

이로 인해 머리만 무거우며 자신의 삶에 있어 잡념만 더해지고 사회의 불만이 가득해지고 결국에는 자신을 탓하며 우울하게 된다.
그것이 꽉 찬 머리로는 이루는 것도 부족하게 되고 나아갈수록 더욱 심한 스트레스와 고통이 된다.

전혀 그럴 필요가 없는 것이 또한 이치이지만 심하면 본인에 심각한 영향을 주는 자학의 성질로 변화되니 반드시 조정이 필요하다.

그냥 나쁜 기억을 하지 않으려 해도 잘되지 않는 것이 보통 사람의 특성이지만 기억력이 좋은 사람에게는 더욱 잘되지 않는 것이다.
더욱 생생하게 스크린에 영상으로 나오는 것이다.

스스로 이를 연구하여 대처하는 방법을 만들어야 하는 것은 바른 이치이다.
기억력이 좋은 사람은 센스와 지혜를 가지고 있지만 이것만으로는 잘되지 않는다.
그것은 나쁜 기억력을 없애는 공간을 보유하고 있지 않기 때문이다.
그러니 먼저 공간을 만들어야 가능하며 이 말은 여유가 없다는 의미와 같다.

좋은 일인 봉사활동이다.
봉사활동은 남에게 도움을 주는 행위이지만 더욱 자신에게 도움이 되는 것이다.
봉사활동을 하면 상대를 배려하고 자신을 아끼는 마음이 생긴다.
바로 여유의 공간이다.
여유의 공간은 나쁜 기억력을 없애는 배려의 공간이며 자신을 아끼는 공간이 되기도 한다.
상대를 배려하는 마음이 자신 스스로의 배려하는 마음 공간이 되기 때문이다.
상대의 입장이라는 공간을 가지게 된다.
그러면 역지사지의 마음이 어느 정도는 형성이 된다.
이것이 습관이 되면 된다.

먼저 상대의 위치 공간에서 나를 바라보는 것이며 그다음이 상대의 입장에서 이해를 하는 것이며 나의 여유가 된다.

역지사지란 말을 많이 사용하는 정치지도자들 역시 소통이 되지 않아 싸우는 모습을 너무 많이 보고 살아가고 있다.
이런 말은 지도자급이 아니라도 누구도 할 수 있지만 거짓일 가능성이 아주 높다.
봉사활동이 생활화 되어 있지 않는 사람은 역지사지를 잘 모른다.
배려 공간을 가지지 못하고 있기 때문이다.

기억력이 좋은 사람은 나쁜 기억도 잘하니 상대의 배려공간을 확보하는 봉사활동을 생활화 하면 간단히 해결이 된다.
나쁜 기억에 몰입할 필요도 없으며 그것을 직접 몰아낼 생각도 하지마라.

때가 되면 아버지이니까 그런 말을 할 수 있겠다.
직장 상사이니 그런 말을 하였구나.
친구이니 나에게 그런 말을 강하게 할 수 있구나.
이런 생각을 스스로 가질 수가 있으니 그때가 여유로운 사람이다.
그러면 좋은 기억만 남는 것이다.

좋은 일을 생활화하므로 자신과 상대나 세상사 인간사에 배려심의 여유공간을 확보된 것이다.
그것이 나쁜 기억을 망각을 하고 즐겁고 아름다운 세상으로 나아가는 비결이 된다.

4. 주식투자는 아무나 하나 그러다 망신만 당하고 실패한다.

주식투자에 재능이 없는 사람이 하면 결과는 뻔한 것이다.
일시적으로 성과를 올릴 수 있을지 모르나 그것은 운이 좋아 그런 것이며 지속성이 없으니 계속하면 실패하여 쪽박 차게 되어 있다.

주식투자와 성분이 비슷한 군을 모아보면 투기성 큰 투자 사업, 코인사업, 스포츠 복권, 경마, 경륜, 로또복권 등등이 있다.
한 번에 떼돈을 버는 일이다.
특히 이런 일은 돈에 대한 머리가 팽팽 돌아가며 공간지각능력이 대단해야 하는 사람들의 직업이다.

이런 일들은 능력을 가진 사람들은 희미하고 주관적인 것이라도 이를 잘 분석하고 객관화하여 자신의 것으로 만드는 실력을 가진 사람들이다.
아무리 실력을 가지고 있어도 자신의 운이 따라 주는 않으면 되지 않는 성질도 지니고 있다.

예를 들어 야구게임이다.
그날의 그 팀의 좋은 운도 같이하여야 확실히 이기는 것이다.
투수가 특별히 좋고 타자의 실력은 변함이 없어 좋아도 하위 팀의 상대를 만나 충분히 이길 수 있는 경기를 지기도 하는 것이다.
그것이 게임이다.
그런데 분석력과 운이 좋은 사람은 하위 팀을 승 한다고 걸어 돈을 버는 것이다.

쉽게 이야기하면 실력은 기본인 체가 되고 운은 용이 되어 실제 작용을 하니 운이 따라 주지 않으면 자신이 원하는 바를 성취할 수는 없다.

물론 행운에서 운이 아주 좋을 때 복권 당첨이 되거나 주식투자 투기성 사업에 일시적으로 성공할 수도 있다.
천우신조나 천재일우의 운기를 받았을 때가 아닌가 한다.
그만큼 현실성이 없다는 것과 같다.
분석하고 객관화할 실력이 없으면 하지 않는 것이 좋다는 의미이다.

실력이 되는 사람에 대해서 먼저 들여다본다.
사주의 재성 중에 정재가 아닌 편재를 가진 사람이다.
편재의 특징은 공간지각 능력이 대단하고 사물이나 사람들의 정리되지 않은 일들을 잘 정리하고 정돈하여 객관화시켜 결과물인 돈을 만드는 능력이 탁월하다.
이미 정립이 잘 된 것도 회의적인 눈으로 의심을 하고 거기서 하자를 찾아 다시 정립하는 실력을 가지니 정작 모든 것을 개선하고 발전 창조하는 지적 능력을 소유하고 있다.
이를 두고 발명가의 특성이라 한다.

여기에 통상 활동복이라 하고 식상이 있다.
식상 중 식신은 깊이 있을 잘 하는 재능을 가지고 있어 매사 하나의 일에 집착을 하고 그것을 위해 혼신의 힘을 다하는 사람이다.
상관은 깊이는 없지만 모든 것을 두루 섭렵을 하는 만물박사 형이다.
주식투자에는 둘 다 맞을 것 같지만 꼭 그런 것만은 아니며 없는 것보다는 하나라도 가지는 것이 당연히 좋으며 식신과 상관이 많은 사람을 식상과다라 하며 가능성을 가진 사람이다.

이런 사람들 중 더욱 적합하며 하나를 선택하라고 하면 상관이다.
분석하는 일은 편재에게 맡기면 되고 여기저기 기웃거리며 짚어 오는 일은 상관이 하면 되기 때문이다.

그래서 상관이 편재와 같이 하면 큰일을 한다고 풀이를 한다.

그리고 인성 중 정인이 아니고 편인이 사주의 주중에 있어야 실력이 있는 사람이 된다.

인성은 어머니이고 인간관계를 상징하는 인복이고 인덕이고 인격이고 학문이고 시험 합격이고 인내 참을성이고 반듯함이고 부동산 문서 각종 자격증이고 명예이고 자존심이고 생각을 관장하니 머리이며 사고계이다.

정인은 무슨 일이든지 긍정적으로 생각하지만 편인은 약간 부정적이며 회의적으로 보고 원하는 바를 추구하니 현실에서 개선 발전 창조의 기회를 갖고 있는 신비적 성향이다.
그래서 사주의 주중에 등식을 한번 만들어보면 상관 + 편재 + 편인 = 투기성 사업 주식 코인 스포츠복권 경마 경륜 로또복권 등이다.
조건이 하나 더 있다.
사주 내의 자리도 중요하다.
이들이 상하좌우로 붙어 있을 때 끌림이 좋아 작용을 잘하며 떨어져 있는 경우는 작용이 약하다.

그러면 행운이 투기성 사업 주식투자 등등에 좋은 흐름에 대해서 들여다보자.
물론 행운인 대운 세운 월운 일운 시운에서 식상이나 편재나 편인이 들어올 때이다.
각각 행운에서 중복되는 것이 있을 때 가능성이 더욱 높다.
물론 편재가 중복이면 가장 좋다.
다만 이 운이 사주의 구성인 체로 많을 때는 좋은 운이 되지 못한다.
예를 들면 사주 주중에서 식상(식신 상관)이 많은 사람으로 행운에서 식상이 더불어 들어온다면 이는 좋은 운이 되지 못한다. 그때에는 편재나 편인이 들어올 때가 좋은 운이 된다.

사주는 여덟 개이니 식상과 재성(정재 편재)가 동시에 만들 수도 있다. 이때에는 편인을 보아야 좋은 운이 된다.

그리고 상관이나 편재 편인이 아니라도 자신에게 적합하고 필요한 오행의 십성이 들어올 때는 좋은 운이 되는 것은 섭리이다.

상관 →편재→ 편인으로 이어지는 투기성 사업 등의 성정을 살펴보고 그에 적합한 행운의 운 흐름에 대해서도 살펴보았다.

물론 실력도 있어야 하고 운이 따라 주어야 원하는 바인 투기성 사업이 성공할 수 있는 것이다.

때에 따른 결과가 되기도 하니 성취하면 반드시 저축이 필요한 것이다.

때는 항상 좋은 것이 아니기 때문이다.

일확천금이나 요행을 바라며 살아가는 사람은 안정이 되지 못하는 사람일 때 더욱 그러하다.

안정이 되지 못하는 대표적인 십성이 인성이며 인성이 없는 사람은 내재적으로 무언가 항상 불안하다.

그다음이 없는 오행이 둘 이상 있거나 편중된 오행을 많이 가진 사람도 내재적으로 많은 오행이나 없는 오행에 대한 욕심이 강하게 발동하니 안정되지 못하는 것은 같다.

인성이 없는 사람이 주식투자를 한 경우도 보았으며 실패한 것도 보았다. 물론 사주상담에서이다.

다시는 하지 않은 것이 무조건 좋다고 했으며 이분은 하나인 재성도 견제를 받아 약한 분이라 강력하게 조언을 했다.

자신의 사주를 보아 실력이 없다. 라는 사주이면 본인이 분석을 잘 한다고 생각을 해도 하지 않는 것이 좋다.
자신은 돈에 대해서는 머리가 팽팽 돌아가지 않으며 객관화는 하는 실력도 부족해 잘하는 사람의 수준에 미치지 못하는 것이다.
결과가 허사가 되어 돈을 잃고 자신을 더욱 잃는 초라하고 추한 사람이 되기 때문이다.

5. 연놈이라는 말과 못난 놈 잘난 연의 속을 들여다본다.

연놈이라는 말이 천한 말 욕으로까지 비하될 특별한 이유는 없다.
연놈으로 표시되는 것이 여자와 남자를 낮춘 말이라고 국어사전에서는 설명하고 있다.
들여다보니 계집 여와 놈 자일뿐이다.

계집을 상징하는 "여"와 놈을 상징하는 "자"인 여(女)와 자(者)는 좋은 말이고 연(계집) 놈(사내) 혹은 연놈이라는 말은 격이 낮은 말이 되어 욕으로까지 비하되었다.

이것은 바로 순수 우리말이 천한 대우를 받은 것이며 한자말은 귀한 대우를 받는 사대주의에 기인한 것이 아닌가 한다.

지금 생각하면 조금의 억지가 있는 말이지만 어릴 때 많이들은 친숙한 말을 가지고 와서 잘난 연과 못난 놈이 만나면 잘 살아갈 수 있지만 못난 연과 잘난 놈이 만나면 잘 살아갈 가능성 낮다. 라는 가설을 가지고 살펴본다.

"잘난 연과 못난 놈이 만나면 잘 살아갈 수 있다."라는 가설을 먼저 들여다본다.
물론 각자의 마음이라 이대로 되지는 않는 경우도 있는 것은 어쩔 수 없는 것이다.

잘난 연은 인기가 좋으니 바람을 잘 피울 수도 있을 것이며 못난 놈은 스스로 자학을 할 수도 있어 좋은 인연이 되지 못할 수도 있다.
하지만 이들의 선택은 가장 좋은 선택이 되기도 한다.

많이 보는 궁합을 볼 필요도 없이 좋다.

남성은 양의 체라 발산의 성정이 강하며 여성은 음의 체라 수용의 성정이 강하다.
그래서 결혼식을 할 때 여성의 생년월일시인 사주로 결혼 일을 받는다.
그것은 남성을 허락하여 수용한다는 의미이다.

옛날에는 먼저 남성의 사주를 사성 또는 사주단자라 하여 여성의 집에 보내면 여성의 집에서 궁합을 보고 맞지 않으면 택일을 하지 않으니 자동으로 무산이 된다.
지금은 시대가 변하여 이런 절차가 생략되었지만 결혼 일은 특별한 조건이 없으면 여성의 집에서 당연히 받는다.
이는 아직도 결정권을 여성이 갖는다는 의미와 같다.

못난 놈이라도 내가 수용한다는 의미이다.
심한 표현일지 모르지만 내 그릇에 채우는 음식물과 같다.
음식물은 내가 요리하는 것이다.
그래서 놈보다 연이 더 큰 것이다.
못난 것도 다 수용하는 능력을 가지고 있다.

반면에 "못난 연과 잘난 놈이 만나면 잘 살아갈 가능성이 낮다."라는 의미의 가설을 들여다보면 억지가 되는 것이다.
이런 사람은 만날 수가 없다.
부모나 사회가 강제로 인연을 만들어 주어도 오래가지 못한다.
잘난 놈은 자기 과시가 심하기 때문이다.
더욱 잘난 연을 만나야 적성이 풀린다.
그것은 발산의 체이기 때문이다.

여성인 수용의 체는 갈수록 스트레스가 심해지고 숨조차 쉴 수가 없어 부부생활을 포기하고 종교에 의지하거나 이혼을 선택하게 되는 것이다.

물론 제 짝이 있는 것은 사실이다.

제 눈이 안경이라는 말이다.

궁합이 찰떡궁합이면 당연히 잘 살아간다.

그것은 못난 연 잘난 놈의 차원이 아니라 천생연분이라는 것이다.

잘난 연과 못난 놈이 만나면 잘 살아갈 수 있지만 못난 연과 잘난 놈이 만나면 잘 살아갈 가능성 낮다. 는 것은 보통 사람들을 두고 하는 말이다.

남성의 체는 양적이고 여성의 체는 음적인 것이 전제된 것이다.

물론 남성이 모두 음으로 구성된 음팔동 사주도 있고 여성이 모두 양으로 구성된 양팔동 사주도 있다.

이런 사람들의 만남은 예외로 보는 것이 맞다.

잘난 연 못난 놈의 차원이 아니라 자신에게 맞고 맞지 않고를 보는 것이 더욱 현명하다.

자신에 맞는 사람이면 당연히 조화를 이루어 즐겁고 아름답고 행복하게 살아가는 것이며 자신에게 맞지 않는 사람은 부조화를 이루어 험난하고 추하며 불행한 것이다.

6. 인수공통바이러스

사람과 짐승이 공유하고 있는 공통 바이러스이다.
많은 동물들이 가축이기도 하고 지금은 가족이 되었으니 공유될 것이 더욱 많으며 그것이 바이러스일 가능성은 충분히 있다.

종교에서는 인류의 멸망을 눈으로 볼 수 없으며 대비하고 예측할 수도 없는 바이러스일 것이라고 하고 있다.
어찌하든지 대책을 세우고 조심해할 주체는 사람이다.

그 중 현재까지 인수공통바이러스로 사람에게 영향을 많이 준 날짐승이기도 하고 길짐승이기도 한 박쥐이다.
사람의 생명을 많이 잃게 한 무서운 사스, 메르스, 코로나19도 박쥐가 인간에게 바이러스를 전달한 포유류의 동물이라고 주장을 한다.

먼저 인수라는 말은 사람 인(人)에 짐승 수(獸)이다.
사람과 짐승이 공통으로 가지는 바이러스라는 의미이다.
조류는 날짐승이지만 현재까지 인간에게 직접 바이러스를 전달하지 못하고 주로 가축인 돼지를 통해서 바이러스를 전달하며 다른 매개가 있어야 하지만 박쥐는 잘 날수 있어 조류 같지만 진실은 포유류로 바로 인간에게 전달한다.
새끼를 낳아 젖을 먹이는 동물이기 때문이다.
박쥐는 날짐승과 길짐승의 공간을 같이하여 변덕을 가진 후안무치형의 짐승이 되기도 한다.

박쥐는 포유류이지만 해충을 잡아먹는 조류와 같은 일을 하여 인간에게 이로운 새이기도 하다.

하지만 지금은 무서운 바이러스를 가장 많이 인간에게 전달하고 있어 호랑이보다 더 무서운 동물이다.

박쥐는 깊숙한 자연에서나 깊은 동굴에서 주로 서식을 하는 데 인간이 자연을 파괴함으로 더욱 인간 가까이 와서 지금과 같은 일을 발생되고 있으니 그 잘못은 인간에게 있는 것이다.

인수공통바이러스가 박쥐에 몸에서 잘 자라지만 정작 박쥐는 바이러스 질병에 걸리지 않는다고 한다.

그래서 박쥐의 특징을 보면 350km도 날 수 있으며 박쥐가 날아가고 있을 때는 섭씨 40도 이상의 열을 발생시킨다고 한다.
그래서인지 바이러스를 보유하고 있지만 자신은 그 병에 걸리지 않는 특성을 현재까지 가지고 있다고 한다.
이것이 박쥐가 잘살아가는 지혜가 아닌가 한다.

사람이 바이러스를 두려워하고 살아갈 수 없는 시대가 오고 있다.
공존의 방법을 연구해야 한다.
바이러스와 공존하면서 살아가기 위해 박쥐의 생태 연구가 더욱 필요한 것 같다.
사람은 이물질인 바이러스가 침입하면 체온을 올려 태우는 구조이지만 박쥐의 몸에서 이미 고온에 적응한 바이러스에게 인체의 내부 전략은 속수무책이다.
뿐만 아니라 박쥐는 사람보다 느슨한 면역계를 가지고 있어 적응력도 좋은 것이 사실이다.
느슨하다는 것은 유연성이다.

역에서 천간의 계(癸)가 박쥐이며 물인 수이다.

이를 계수라 한다.

유연성의 지혜를 가지고 있으며 이것이 과하여 변덕이 되면 초라하고 추해진다.

계수의 물은 계곡물이 되기도 한다.

계곡 길을 따라 졸졸 흐르니 유연성이 아주 좋다고 평가를 하며 이것이 변덕이 되기도 한다.

그래서 박쥐가 된 것이 아닌가 한다.

박쥐는 자신의 필요에 따라 자기에게 유리한 쪽을 선택하여 조류가 되기도 하고 포유류가 되기도 하는 유연성을 가진 것이지만 조석으로 변하면 변덕이 되지만 비하할 수는 없다.

이는 잘 날수 있는 조류는 사실이고 진실은 포유류이기 때문이며 그래서 사람에게 바로 바이러스를 전달할 수 있는 능력을 가진 것이다.

사람도 조류로 아는 사람도 있고 포유류인 동물로 아는 사람도 있지만 이를 틀린 것이라 말하기에는 한계를 가진다.

계수는 항상 많이 움직이면서 유연성을 가지고 살아가야 하고 고여 있으면 썩어 악취가 나는 성질을 가지고 있어 움직이지 못하면 차라리 빨리 마르도록 하여야 다음을 준비할 수 있는 것이다.

그래서 박쥐도 자연 깊은 곳이나 깊은 동굴에서 살아가면서 많이 움직이니 날짐승이 되기도 하고 길짐승이 되기도 한 것은 박쥐가 잘 살아가기 위한 지혜인 것이다. 이를 후안무치라는 것은 사람의 생각일 뿐이다.

사람은 인수공통바이러스와 같이 하며 사람으로 잘 살아가기 위해서는 박쥐의 지혜를 얻어 와야 한다.
그것은 경직된 모습이 아니라 유연성이 아닌가 한다.

역에서 천간의 계수를 열 개의 천간 중에 가장 유연성이 좋은 사람으로 표출하고 있다.
이는 딱딱함보다 부드러움을 즐기는 사람이다.
역에서의 계수의 성정을 잘 들여다보아도 인수공통바이러스에 대처능력이 생기지 않을까 한다.
겉은 부드러우며 속만 단단한 견디심이 충분하지 않을까 한다.
태호복희의 물인 수를 상징하는 감괘(☵)의 성정이다.
여기에는 은택과 험함이 같이한다.

7. 해와 달을 일월이하고 이를 합한 것을 역이라 한다.

해와 달을 일월(日月)이하고 이를 합한 것을 역(易)이며 합덕으로 태어난 가장 큰 탄생이 날이다.

해와 달은 낮의 해이며 밤의 달이다.
우리 달력의 한 해가 되고 우리 달력의 한 달도 그해와 그달이다.
이것이 음양을 상징하고 낮과 밤이 만나 음양합덕 하여 탄생한 것이 우리가 살아가는 날이다.

좀 아쉽지만 수월하게 설명하기 위해 우리말의 한자어를 가지고 와서 번역해 보면 해 일(日)과 달 월(月)이 만나 역(易)이 되었으며 역은 날 일(日)과 말 물(勿)의 성형문자로 보지만 물은 달 월(月)로도 본다.

역은 바꿀 역(易)이니 해와 달을 바꾸는 것이며 밤낮은 자연 질서에 의해서 단 한 번도 어긋남이 없이 자동으로 변하는 것이니 쉬울 이(易)가 되는 것이다.
모습을 그대로 표현한 것이며 자연현상이다.

이것이 역이 된 것에는 아주 깊은 뜻의 의미가 있다.
우리는 태양 항성의 행성인 지구라는 별로 존재하고 그 속에 살아가고 있다.
지구를 도는 위성인 달이란 별도 있다.
항성인 태양은 달보다 400배가 크며 달보다 약 400배 멀리 있다.
그래서 지구에서 사람이 눈으로 볼 때 크기가 같은 것이다.
이는 진실이 아니고 보이는 그대로인 사실이다.

그리고 해는 눈으로 볼 때 낮에 존재하고 달은 밤에 존재한다.

참 현묘함의 질서이다.

그래서 태양은 양이 되고 달은 음이 되었으며 지구의 위치에서 음양은 크기가 같은 것이다.

밤과 낮으로 이루어지다 보니 조화로 서로 보완적 관계가 되었다.

그래서 동양적 사고는 음양이 좋고 나쁨의 선악의 구조가 아닌 것이며 상태에 따라 변하는 것이다.

해도 좋을 때가 있고 나쁠 때도 있으며 달이 좋을 때도 있고 나쁠 때도 있다는 것으로 해와 달은 동등한 음양의 자격을 부여하고 상호보완적 관계로 정의한다.

이는 서양과 현격한 차이가 있다.

서양은 해는 좋고 달은 나쁜 악이 된다.

서양은 낮은 신이 지배하고 밤은 악이 지배한다는 견지에서 온 것이다.

그래서 밤의 보름달은 악이 충만 되고 악을 지배한다고 보는 것이다.

같은 사람이라도 서양 사람과 동양 사람의 시각차는 엄청 큰 것이다.

동양은 달은 토끼가 방아를 찧는 모습이라 하지만 서양은 대부분 여성이 거울을 보는 모습이라 한다.

진실은 현무암이 있는 곳이다.

동양은 조화 부조화의 선과 불선만이 존재하지만 서양은 선과 악이 존재하는 것이다.

moon + stuck = moonstuck

달에 한방 맞은 사람이라 정신병자로 보는 것이 서양 사람이다.

이 단어만 보아도 달을 악으로 보는 것이다.

13일의 금요일 중 밤에 보름달이 뜨는 날에는 밖으로 나가지 않으며 운전도 하지 않는다고 한다.

서양에서 달이 악마의 상징하기도 하지만 달은 지구의 1/6의 중력을 가진 지구의 위성으로 꼭 필요한 별이며 신이다.
동양 사람은 해도 신이고 달도 신이다.
그래서 달신(월신)을 향해 많은 기도를 한다.
장독대에 정화수 떠놓고 보름날 밤에 기도하는 할머님 어머님을 생각하면 된다.

동양의 역은 해와 달이 음양합덕을 통해서 탄생하는 것이 날(일)이다.
날에는 일하며 운행하는 때의 시각이 존재하는 것이다.
목화토금수의 오행이 운행하는 일을 한다.

해와 달이 바뀌는 자연현상을 바꿀 역(易)이라 하고 이를 보는 사람의 생각으로 쉽게 보이니 쉬울 이(易)가 되었다.

해와 달이 한 달이 되고 한 해가 된 것은 잘 짜인 자연현상의 이치를 말해 주는 순수우리말이다.
지구가 해를 한번 돌면 한 해가 되고 달이 지구를 한번 돌면 한 달이 되는 이치이다.

지금우리는 한자어로 변역을 해야 쉽게 이해를 하니 정체성을 잃어도 너무 많이 잃어 순수 우리말의 단어들을 기억조차하기 힘들어 역사 속이나 사전을 통해서 찾아야 할 것 같다.

8. 사람의 성정과 성질

사람의 성정과 성질에 대해 들여다본다.
한자로 보면 이해하기 수월하지만 그래도 난해하기는 하다.
성품 성(性)에 뜻 정(情)이 성정이고 성품 성에 바탕 질(質)이 성질이다.
국어사전으로 보아도 성정과 성질은 잘 구분이 되지 않지만 의미를 추가하여 설명하고자 한다.

성정은 "성질과 심정 또는 타고난 본성"으로 표현된다.
성정 속에는 성질을 포함하고 있다는 의미이다.
성질은 "사람이 지닌 마음의 본바탕"으로 설명하기도 하며 그래서인지 성질이 사나운 사람이라 단어도 있고 "사물이나 현상이 가지고 있는 고유의 특성"이라 말하기도 하며 이것은 만물이 가지고 있는 물리적 화학적인 성질을 의미하기도 하는 것이다.
여기에서 철학적 심리적인 의미까지인 형이상적인 것을 더한다.

만물은 독특한 자신의 성정과 성질을 다 가지고 있다.
만물이 각각 지니고 있는 고유의 색상 냄새 맛 강약의 정도인 경도 유연성인 휨의 정도의 형이하적인 것을 포함하여 형이상의 것 까지를 표출하고 있다.
이것이 외재적의 의미인 밖으로 표출하는 것이 성질이 된 것이며 성정이 밖으로 드러난 것이 성질이다.

성정의 가지고 있는 본래의 뜻이 성품이고 성품이 가지고 있는 것을 바탕으로 하여 표출하는 것이 성질로 풀이를 할 수 있다.

한자나 국어사전을 보아도 나쁜 것은 없으며 다 좋은 말인 것 같은 데 실제 사람들은 성정은 좋은 말로 성질은 나쁜 말로 표현하며 사용을 하고 있는 것이 현실이다.

당연히 틀린 것이 아니며 성질이 나쁘게 사용된 것은 나타난 현상이 과격하기 때문이다.

성질은 자신의 성정이 편중되어 과하여 지나치게 표출이 된 것이라 정의할 수 있다.

그러니 소통되지 않고 겸손하지도 않으며 상대를 무시하니 좋은 말이 될 수 없는 것이 이치라 "성질을 부린다."는 말로 사용되는 것이다.

물론 "성질이 좋은 사람"이라는 말도 있으며 이는 성질이 과하게 표출되지 않고 절제된 사람이란 의미이지만 이런 말은 잘 사용하지 않는다.

성질이라는 말은 대부분 나쁘게 변화된 것을 의미하기 때문이다.

많고 과한 것이 성질로 표출이 되니 성질만 관리를 잘 하면 성공하는 사람이 되는 것이다

그러면 조화를 이루는 것이 이치이다.

과하고 많은 것은 나의 왕성한 기운이니 직업이 되면 많은 것을 사용하여 힘들어도 피곤하지 않으며 과한 부분을 줄이며 힘을 뺄 수 있어 당연히 좋은 것이다.

과한 것이 욕심이기도 하며 나의 특징이니 특성이기도 하며 재능일수도 있다.

이 특성인 재능을 바르게 사용하기 위해 왕성하게 활용할 수 있는 일로 직업이 된다면 최상이 아닌가 한다.

지금까지 살아 온 길을 되돌아보며 때로는 과격해지기도 하고 이로 인해

불필요한 체력을 낭비하기도 하는 성질이 무엇인지를 한번 정도는 생각해 볼 필요가 있다.

사주학에서는 편중되어 많은 오행이나 없는 오행의 성정이 욕심으로 되어 성질로 화하여 발동되며 이것이 변화 질서의 섭리이고 이치라 한다.
그냥 자연스럽게 두면 좋은 쪽이 아닌 나쁜 쪽으로 자동으로 흐르니 누군가가 방해하는 느낌을 받아 추해지는 것이다.

반면에 오행을 고루 가지고 사주구성이 좋은 사람은 욕심이 지나치지 않고 평탄한 삶을 기복 없이 무구하게 살아갈 수 있어 복 받은 사람이 된다고 하는 것이다.

사람은 누구나 자신의 그릇이 있는 법이다.
그 그릇에 자신에 맞는 맛있는 음식을 담아 때에 맞게 먹고 소화를 잘 시켜 배설을 하고 또 다시 시작하는 순환 질서를 가지고 그런 과정을 통해서 자신이 성장하고 즐겁고 아름답게 살아가는 소명을 가진 것이 자신의 인생 삶이다.

욕심이 과한 사람은 그 그릇에 아무거나 욕심으로 담으면 넘쳐서 다 담을 수 없지만 자신만의 욕심을 담으면 된다.
그것은 오행의 간지가 추구하는 바의 성질이다.

마음을 비우고 욕심을 버려라 이야기 하지만 타고난 욕심을 버리는 것은 수행자의 수행이라도 힘든 것이다.
그것보다 그것을 잘 사용하면 되는 것이다.
과한 것을 사용하니 그릇이 자연스럽게 비워지는 것이며 그 그릇에 다시 담는 것이다.

그러면 아무리 담아도 담을 공간이 생기니 그릇이 더욱 큰 그릇이 되는 것과 이치가 같은 것이다.

과한 것을 사용하면 조화를 이루게 되는 것은 마땅함의 이치이다.
아름다운 세상 즐거운 세상이라는 것이 조화로운 세상을 두고 하는 말이다.

지나친 표현일지는 모르지만 성질대로 살아가야 하는 것이 사람이다.
이는 성질을 마음대로 부리며 살아가라는 의미보다는 자신에게 과한 것을 좋고 길한 쪽으로 활용하라는 의미이다.
가만두면 지나친 성정이라 성질의 속성이 나쁜 쪽으로 흐르게 되어 흉하고 추한 것이 되지만 활용하면 당연히 좋아 즐겁고 아름다운 것이 되는 이치이다.
그러니 성질을 활용하고 잘 가꾸는 것이 자기관리이고 자기성찰이다.
그러니 세상과 소통도 잘되어 태평시대 성공시대로 나아가는 길이다.

9. 제사는 정성으로 지내는 것이다.

제사를 지내는 것은 절대적인 사명으로 후손들이 왈가왈부하는 것은 좋지 못하여 추한 것이 되며 제사는 무조건 정성으로 지내는 것이다.

그것이 자연스러운 것으로 후손이면 거부할 수 없는 의무이다.
제사문화는 지켜야 하는 단순한 문물제도가 아니며 역사이고 조상님 공경 사상으로 자신의 근본이며 뿌리를 바르게 자라도록 하는 집안의 전통이 된 내리사랑으로 이어지는 가정의 화목이다.

제사의 대표적인 추석과 설이 있다.
아무리 현재가 힘이 들고 먹고살기 힘들어도 살아계신 부모님을 찾아뵙고 조상님의 차례 상을 차리는 것은 기본적인 행동이며 생활이다.
이로부터 나의 뒷심이 나오고 지속성을 가지고 화목으로 여유가 생기는 것이고 나와 나의 후손인 자식들이 좋아지는 것이다.

옛날의 어머님인 며느리들에게 있어 제사는 일 년 생활의 가장 으뜸이며 근본이 되어 그로부터 정성이 생활화되었다.
나태해짐이나 나약해짐의 흩트러짐도 제사로 인해 마음을 바로하고 고쳐서 다시 바르게 행동했다.

농사의 결실이 이루어지면 흰쌀밥으로 제사를 올리기 위해 집안의 큰며느리는 아무리 힘들고 먹을 것이 없어 당장 굶어도 일 년 제사에 사용될 벼를 남겨두는 것이 기본이다.
제사에 쌀밥으로 사용할 벼가 그래도 있으니 다행이라 하며 마음의 여유를 가지는 것이다.
제사 때가 되면 그 벼를 잘 찧어서 경건함과 정성으로 쌀밥과 나물 탕수를 하여 제사 음식을 마련하고 남편과 형제자매 손자들을 모아 경건함과 바른 예절의 정성으로 제사를 지내는 것이다.

그리고 그 음식과 덕담으로 조상님을 길이며 화목을 다지는 것은 늦은 시간까지 계속한다.

물론 풍족한 시절이 아니니 내일 이웃을 위한 음식을 남겨 놓는 것은 마땅함의 질서이다.

그 다음날은 이웃과도 지난날 제사의 고인을 생각하며 밝은 미래를 향한 좋은 말을 하고 이웃 간에 더욱 화목하도록 하는 것이다.

물론 오지 못하는 어르신 분에게는 직접 음식을 보내어 드리는 것은 당연한 것이다.

이를 제사파제날이라 한다.

조금 연세가 있는 분들은 이를 많이 경험했을 것이다.

이것이 민족의 문화인 제사문화이며 제사의 모습이다.

시대가 변하면서도 반드시 변하지 않아야 좋은 것도 있는 데 많은 핑계로 제사가 사라지고 변하고 있다.

제사를 정성으로 모시는 사람들의 후손이 잘되지 않는 사람은 보지 못했다.

각자 자신의 주변을 잘 보라!

정성으로 제사를 바르게 모시는 사람은 후손이 여유를 가지고 바르게 부자로 살아가지 않는 사람은 없을 것이다.

다 조상님의 복을 받는 것이다.

부처님을 찾고 예수님을 찾아 보시를 하고 헌금을 하며 기도하는 사람도 잘되지 않는 사람이 많다.

근본이 가정이며 부모님이다.

부모님을 잘 모시지 않는 사람이 보시를 한들 헌금을 한들 그것은 지나치게 치장한 것이며 거짓으로 꾸민 것이다.
이런 사람을 벌하는 것은 마땅함의 질서이다.

조상님을 모시는 제사는 종교와 아무런 관련이 없다.
나의 아버지를 공경하고 나의 할아버지를 공경하는 데 무슨 다른 말이 필요하며 남의 눈치를 볼 필요는 당연히 없는 것이다.
이는 절대적인 것이다.
나의 뿌리인 으뜸과 관련되어 있다.
그래서 자식들이 논할 문제도 아니다.
자식들이 부모님 제사를 왈가왈부하는 것은 바로 추함이다.
옛날의 큰며느리 모습이 아니라도 경건함과 정성으로 모시면 되는 것이다.
밥 한 그릇에 나물하나에 경건함의 정성만 있으면 족하다고 했다.
이는 심서인 주역에서도 나오는 이야기이다.

하지만 옛날의 어머님인 며느리들은 모든 것이 부족한 시대의 사람들이었다.
제사 때만이라도 가족들과 후손들 이웃들에게 풍족한 하루를 만들어 드리고 조상님을 길이고자 하는 미쁨의 강력한 마음이다.

일 년에 열흘 만이라도 풍족함의 여유를 가지는 것이다.
그 여유가 싹을 틔어 지금 여유롭고 풍족한 생활을 하는 것이며 우리는 지금 좋은 때에 있는 것이다.
그 어머님의 희생으로 자손들이 잘되어 있는 것이며 이는 제사를 잘 모신 부모님의 덕이다.
어떤 핑계나 이유도 통하지 않는다.

제사만이 자신의 살길을 잘 이어가는 것이며 후손이 잘 되는 첫째의 길이다.

내가 부모님의 제사를 잘 모시면 나의 자식이 이를 본받아 나의 제사를 잘 모시는 것이 내리사랑이며 그 가문의 전통이 된다.

제사에는 아무것도 필요 없다.

오직하나 제사를 지내는 것은 마음의 정성과 경건함이 같이 하는 것이며 자신을 바로 하는 것이다.

10. 욕망이라는 것으로 개운을 하면 조화로운 세상이다.

욕망을 오행이라는 것으로 들여다본다.

사람은 누구나 자신을 표출하는 대표 오행을 타고났으며 많은 오행이 주성분이 되고 성분들이 시스템으로 복식 결합을 하여 자신의 성정이 되고 성질이 되고 특성이 되고 개성이 되고 재능이 된다.
그것의 강함의 정도가 욕망이다.

천간의 네 개와 지지의 네 개 모두 여덟 개의 결합으로 네 개의 기둥을 가지고 있어 사주팔자라 하며 자신의 정신적인 형이상과 물상적인 형이하 모두를 포함하는 의미를 갖는다.

자신에게 없는 오행이나 많은 오행이 표출하는 욕망은 같은 것이라 결과가 같다는 의미는 잘못 사용하면 좋지 못한 결과가 같이 된다는 의미일 뿐이다.
그러니 사용하는 방법만 맞고 좋으면 당연히 좋은 결과로 이어지지만 그 사용하는 방법은 극명하게 다르다.

당연히 없는 것을 사용하는 방법과 많은 것을 사용하는 방법은 다른 것이 이치이다.
없다는 것도 완전히 없는 것이 아니며 잠재되어 있거나 없는 것을 생하는 오행이 존재하고 그 생하는 오행이 없으면 다시없는 오행을 생하는 오행이 항상 내재되어 있어 그것이 더욱 욕망으로 과하게 표출되는 것이다.

물론 사주에 직접 가지는 것과 천양지차이며 주중에 없으면 통상적으로 없다고 칭하며 오행이 없거나 많은 사람은 그 오행에 대한 욕심이 많아지어 그쪽으로 향한 욕망으로 과욕이 생기는 것이다.

오행의 작용으로 사용하는 십성도 당연히 그러하다.

없는 사람은 생각만 가득하여 바른 행동을 할 때를 놓치니 실제 얻는 것이 없고 많은 사람은 넘치고 과한 행동을 하여 사고를 치는 것이다.

그래서 사주에 가지고 나온 것을 간수하지 못하고 오히려 가진 것을 다 잃는 것이다.

요즈음 세상은 돈이 생활의 필수품이니 돈과 관련된 오행의 십성인 재성을 예로 들어 설명을 해 볼까 한다.

재성이 없는 사람이나 많은 사람은 같이 돈에 대한 욕망은 아주 강하다.

재성이 없는 사람은 이리저리 잘못된 행동을 하여 필수품인 돈을 가지지 못하니 불편해지며 안정되지 못하는 것이다.

그냥 자신의 성질대로 행동하다가는 초라하고 추해지는 것은 마땅함의 질서이다.

그렇다고 많은 사람은 부자로 살아가는 것도 아니며 그냥 나아가면 결과는 당연히 같은 것이다.

물론 둘 다 다른 제약조건을 가지지 않을 때의 분석방법이다.

돈이 없는 사람은 사용할 돈도 없으며 이를 사용한다는 자체가 힘듦이다.

돈이 많은 사람은 돈에 대한 머리가 너무 팽팽 잘 돌아가니 경험도 없으면서 마구 사용하니 과하여 다 날리는 것이다.

돈이 없는 사람은 일에서 만족하고 나아가면 돈이 붙으며 그것이 돈을 키워나가는 것이다.

일이 돈이 되는 것이니 일에서 성취감을 느끼면 자동으로 돈이 들어오는 것이다.

그것이 돈길이고 돈의 눈이다.

돈이 사주에 많은 사람은 당연히 그 많은 돈을 활용하는 것이다.

이런 사람이 인격을 생각하고 명예 타령하고 일에서 즐거움 느끼고자 하면 힘듦이 가득하여 스트레스의 연속이 된다.

돈이 즐거움이고 돈이 인격이고 돈이 명예인 사람이 되어야 부자로 살아가는 것이다.

야속한 사람이 생각할지 모르지만 절대 그렇지 않다.

재성이 인성을 극하기에 가만히 많이 가지고 있으면 정말 야속한 사람이지만 재성을 잘 활용하여 사용을 하면 오히려 인격적 사람이 된다.

이를 두고 자신을 비워 라는 말을 많이 하는 이유이다.

비우는 것은 활용을 하는 일이다.

재성이 없는 사람이나 재성이 많은 사람의 좋음으로 나아가는 개운이다.

없는 오행을 직업으로 하면 대성을 한다고 분석하고 풀이를 하는 사람이 더러 있다.

이는 사주 구성을 정말 잘 보고 신중히 하여 풀이를 하여야 하며 오류가 많을 수가 있다.

그보다 많은 오행을 사용하는 것은 확실한 좋은 개운이니 현명한 방법이 아닐까 한다.

개운은 조화를 이루도록 하며 자신에게 선함이 되도록 하여 즐겁고 아름답게 살아가게 하는 것으로 당연히 많은 것을 활용하여 비우면 더 큰 그릇이 되는 것이 이치이다.

그래서 없는 오행은 얻어 가지거나 먹거나 보거나 살아가는 곳이나 항상 생각하여 성취하는 것이며 많은 것은 극함을 가지고 와서 버리거나 사용하는 것이 좋은 개운이다.

얻는 것과 사용하는 것의 이치를 잘 깨달아 진실을 볼 줄 알아야 하는 것이다.

가장 간단한 방법은 없는 오행의 직업으로 나아가는 것이나 계절의 때를 맞이하는 것은 사용하는 것으로 행동하면 나쁜 극지일 가능성이 아주 높다.

특히 재성이 없는 남성에게는 세상이 더욱 혹독하다.
남자가 재성이 없는 사람은 단순히 돈인 재물만이 아니고 이성이기도 하여 배우자도 되고 여성도 해당한다.

이성에 대한 욕망을 더욱 강하지만 젊은 연예시절에 행운에서 재성이 받쳐주지 않으면 옳은 연예도 한번 하지 못하며 즐겁지 않는 불행한 인생이 되기도 하는 것이다.
하지만 그냥 살아가면 그런 현상은 당연하지만 좋음으로 개운을 하면 얼마든지 좋은 이성을 만날 수 있는 것 또한 이치이고 섭리이다.

분명히 없는 오행이 있으면 많은 오행이 당연히 존재하는 것이 이치이다.
그러니 그 많은 오행의 십성을 활용하는 욕망으로 개운을 하면 자연스럽게 조화를 이루어 원하는 바를 성취하고 즐겁고 아름답게 살아가는 것이 사람이다.

11. 운은 자신이 운전하는 것이다.

운은 존재하는 것으로 고정된 것이 아니며 달리는 기찻길 같지만 운은 보이지 않으니 사람들은 잘 보려하지 않는다.

기차는 보이는 궤도를 가지고 보이는 길인 가차 길을 따라 움직이면서 달려 나아가지만 사람은 각자의 보이지 않는 궤도를 가지니 길도 당연히 보이지 않는다.
보이지 않는 변화 질서의 길로 빠르게 흐르는 것이다.
그러니 이를 모르고 나아가면 앞이 보이지 않으니 캄캄한 밤에 달이나 별이 하나도 없어 진퇴양난으로 험난하고 고충이 따르는 것이며 추하게 살아가며 세상사에 불평불만을 가지는 것이다.
그것은 자신이 선택한 결과이다.

운은 간단히 표현하면 환경이며 그 속에 제약조건도 있다.
그래서 운전할 운(運)이라 하며 자신이 직접 운전을 하는 것이다.
잘못 운전하면 사고가 나고 시궁창에 빠지기도 하며 험한 비포장도로로 가게 되기도 하는 것이 섭리이다.
당연히 추한 세상에서 살아가며 심하면 추락하는 것이다.

물론 천우신조 천재일우의 운기를 가질 때는 그냥 모든 것이 좋은 환경으로 되어서 즐겁고 아름다운 세상에서 살아가겠지만 그럴 경우는 잘 없다.
천우신조 천재일우의 운기는 보통 사람은 가질 수 없는 기운이다.
그래서 그런 미련은 버리고 스스로 노력으로 즐겁고 아름다운 세상에서 살아가도록 하는 것이 현명한 생각이다.

각자 자신을 알고 자신에 맞는 때에 운전을 하는 길이 행운(行運)이다.

각자 자신의 행운의 길을 감지하여 보고 그에 맞게 운전하고 행동하는 것이다.

지구가 태양의 주위를 돌며 보이지 않는 길이지만 때에 맞게 운행을 하며 어긋난 행동을 한 일을 단 한 번도 하지 않았다.
행운의 주기에 맞게 운행을 잘 하고 있는 것이다.
사람도 때에 맞게 운행을 잘하면 된다.

오늘 차를 그냥 몰고 나가고 싶어 운전을 하고 가다가 재수가 없어 음주 운전하는 큰 화물차에게 그냥 부딪치며 생명이 오락가락하는 큰 사고를 당했다.
참 운이 나쁘다.
멀리 약속이 있어 비행기를 타고 가다가 비행기 사고로 전원이 사망을 했다.
참 재수가 없어 운이 좋지 못했다.
전부가 당하는 일이라 나의 의지와 관계가 없으니 불가항력이다.
모진 놈 옆에 있어 당한 꼴이다.
그렇지만 급한 다른 일이 있어 그 비행기를 못 타고 말았다.
정말 운수 대통을 한 것이다.

사람은 자신의 스스로 노력으로 충분히 나쁨을 피할 수 있거나 좋은 것을 잡을 수 있는 운도 있으며 불가항력의 운도 존재한다.
하지만 이들 모두 어느 정도는 피할 수 있는 것이 사람이다.
그것은 자신을 알고 바른 때로 행동하는 것이다.

그래서 옛적에는 멀리 나설 때는 일진이 나쁘면 출타하지 않았으며 새로운 일의 시작도 하지 않았다.

그래서 나쁜 흐름의 운을 피한 것이다.

사람은 이 세상으로 태어나서 때를 맞이하면서 자라며 성장하고 자신을 세상과 더불어 형통하게 하고 그런 다음에 세상과 자신을 이롭게 하고 언젠가 때가 되면 자신을 바로 세우고 이 세상을 떠나게 되는 것이 한 사람 일생의 변화 질서이다.

이런 과정 속에서도 환경이라는 것과 제약조건들이 존재한다.
그것이 운이다.
이 운을 각자 바이오리듬의 좋고 나쁨의 주기이기도 하다.
간단히 설명을 하면 똑같은 일이라도 어떤 때는 하면 좋고 어떤 때는 죽어도 싫은 것이다.
어떤 때는 똑같은 일이라도 잘 이루어지고 어떤 때는 더욱 역동적으로 일을 해도 이루어지지 않고 실패를 하는 경우도 많다.
똑같은 사람이 하는 데 차이를 발생시키는 것이다.
같은 사람이 하지만 때가 틀린 것이니 당연히 차이가 나는 것이다.
그만큼 때가 중요하다.

사람들은 간혹 때가 중요하지 않다고 생각하고 물리적인 시간으로만 보기도 하여 시간의 길이만 중요하게 생각하기도 하는 것이다.
한 시간 두 시간 이런 물리적인 시간 단위로 만 보는 것이다.

자신의 태어나서 그때부터 시작하고 지금의 때에 자신이 존재하는 것이며 지금의 때는 순간의 찰나가 지나면 같은 때의 공간 위치는 영원히 다시 오지 않는 것이다.
시간의 위치에서 공간으로 드러난 것이 틀리기 때문이다.
매일 12시가 있지만 오늘의 12시와 어제의 12시 그리고 내일의 12시는 적어도 자신에게 있어 틀리는 것이다. 그것이 각자의 시간의 공간성이다.

시간의 공간성은 각자 자신의 환경이다.
그리고 환경으로 나아가는 데는 제약조건이 있다.
그것이 한계이며 자신의 영역이다.
사람은 각자가 태어난 순간부터 시작하는 것이라 그때부터 환경이라는 흐름을 가지는 것이다.
그것은 행운이라 한다.
행운의 주기는 대체로 큰 줄기인 십 년의 긴 주기로 영향이 많은 대운도 있으며 매년 주기인 세운도 있고 매달 매월 매일 매시의 주기가 있는 것이다.

그기에 자신에게 어떤 일을 할 때는 좋은 때가 되고 어떤 일을 할 때는 나쁜 때로 존재하는 것이다.
이것이 제약조건인 것이다.
자신과 맞는 운을 알고 바르게 나아가면 즐겁고 아름다운 세상에서 살아가는 것이며 그렇지 못할 경우 고충으로 추한 세상에서 살아가는 것이다.

각자의 마땅함인 시의성인 사주로 다 표출이 되는 것이니 반드시 이를 알고 몸과 마음이 행동하는 것이 이치에 맞으며 자신에 대한 도리가 된다.

각자의 운이라는 것은 존재하는 것인데 잘 보려 하지 않는다.
그러니 험난하고 고충이 따르는 것이며 추하게 살아가는 것은 마땅함의 질서가 된다.

12. 자신의 이름에서 항렬이라는 의미

포도 한 송이도 다 질서를 가지고 낱알이 자신의 시공에서 바르게 점유하는 질서를 가져 더불어 멋진 포도 한 송이가 되는 데 사람의 귀중한 이름도 질서를 가지는 것은 마땅함이다.

이를 무시하면 멋진 아름다운 이름이 되지 못하고 당연히 힘듦이 가중되는 추한 이름이 되는 것이 섭리이다.

우리나라 대표적인 성씨로 전체 인구수의 많은 비중을 찾지 하는 김씨 중 우리나라 인구의 10%가 넘은 김해 김씨의 삼현파와 그다음인 박씨 중 밀양 박씨의 규정공파의 항렬을 들여다보며 우리조상님들의 항렬을 만든 의미를 새겨 본다.

항렬은 세손의 순위 등급을 정해 넣은 것이다. 라고 알고 있지만 더 깊은 의미를 부여하고 있다.
아버지가 자식을 생하는 음양오행의 원리가 들어 있다.

지금 아기의 이름을 처음 작명할 때 아버지가 자식을 생하는 상생구조를 넣어야 하는 것의 바른 이치를 설명하고자 한다.
많은 성명학 책들에서는 이를 언급하고 있지 않아 가슴이 아프다.

작명가들이 이를 꼭 감안하여 작명 하도록 바라고 작명을 의뢰하는 사람도 특별한 이유가 없으면 이를 지킬 것을 요구하여야 하는 것은 당연하다.

특별한 이유는 태어난 아기의 오행이 심히 편중되어서 아버지가 자식을 생하는 구조보다 더 중요하게 반영하여야 하는 것이 있을 때이다.

이름은 대부분 3자이지만 성씨를 포함한 것이라 실제 작명은 2자이니 반영하여야 할 것이 많아 우선순위에서 제외된 것이며 그것이 일상의 생활에서 더 좋음이 같이하기 때문이다.

밀양박씨의 규정공파는 아주 정교하고 세밀하게 이름의 선택 폭이 넓은 문중 중에 하나이다.
33세손은 식(植) 근(根) 권(權)이며 자원오행으로 목이다.
34세손은 연(然) 헌(憲) 응(應)이며 자원오행으로 화이다.
35세손은 요(堯) 균(均) 배(培)이며 자원오행으로 토이다.
이름에서 운기를 보완할 때는 내재적인 수용의 의미가 강한 자원오행에서 보완하는 것이 성명학의 이론이다.

그래서 발음오행에서는 외적인 발산의 의미로 파동의 음양이나 부르기 쉽고 듣기 좋은 아름다운 이름이 되도록 하는 것이다.

항렬은 자원오행으로 보는 것이다.
목은 화를 생하고 화는 토를 생하는 구조이니 상생의 구조로 아버지가 자식을 생하는 구조이지만 이는 가문이 나를 생하는 것이라 나의 뒷심이 되는 것이다.
내가 어려움을 처할 때 아버지 할아버지 증조할아버지뿐만 아니라 가문이 돕는다는 절대적인 의미가 포함되어 있다.

김해김씨의 삼현파의 항렬을 들여다본다.
75세손은 규(奎) 기(其)이며 자원오행은 토이다.
76세손은 석(錫) 호(鎬)이며 자원오행은 금이다.

77세손은 락(洛) 영(永)이며 자원오행은 수이다.

토는 금을 생하고 금은 수를 생한다.
그러니 역시 상생의 구조의 가문이다.
박씨를 설명할 때와 같은 의미를 가지며 아주 특별한 성씨의 가문이 아니면 항렬은 다 상생의 구조로 되어 있다.
우리나라 성씨의 가문을 볼 때 항렬이라는 것은 이름에서 아주 중요한 의미를 가지는 것이다.
서양에서 들어온 물결이나 항렬을 바르게 이해하지 못한 작명가들 성명학자들이 이를 도태시킨 것이다.
항렬을 적용하다 보니 같은 이름이 양산되는 폐단이 있기는 했다.

김해김씨의 삼현파의 항렬에 함정이 있다.
본인이 69세손이다. 그러니 항렬로는 용(容) 자이며 부친의 항렬은 두(斗) 자이시다.
두는 자원오행으로 화이며 용은 목이다.
이는 목생화로 자식이 부친을 생하는 구조가 되어 있으며 나쁜 것은 아니지만 심지가 이어지는 내리사랑이 아니다.

내가 어릴 때만 해도 아버지보다 할아버지가 집안의 어른으로 모든 것을 결정하는 가장이었다.
그래서 우리 형제들의 이름을 할아버지가 직접 작명을 하였다고 한다.
할아버지가 문중에 가서 우리 집안은 막내로 내려오고 아들이 4대 독자라 자식이 귀하며 촌수가 높은 손자를 놓으면 빨리 죽을 수도 있다는 논재를 펴 문중 사람들을 설득하고 항렬을 낮추어 곤(坤) 항렬로 큰형님의 이름이 탄생된 것이다.
이는 아버지가 자식을 생하는 구조를 손자의 이름을 작명 하고자하는 할

아버지의 간절한 마음이 내포되어 있었다. 물론 성명학을 공부하고 나서 안 것이다.

우리 4형제는 화생토로 상생하는 이름이 되었으며 아버지께서 만날 하시던 말씀이 지금도 기억난다.
"나는 저세상으로 가서 조상님을 뵈올 때 칭찬만 가득할 것"이라 자주 이야기를 하셨다. 아들만 네 명을 놓았으니 자식농사를 확실히 잘 지은 것이다.
오봉은 69세손이며 이름의 항렬로 보면 70세손이지만 지금은 77세손도 태어나고 있으니 엄청 촌수가 높은 사람이다.
아버지 할아버지 덕으로 오래 살아가고 있는 것 같아서 더욱 조상님의 뒷심에 감사함을 강하게 느끼고 있다.

나이가 들면서 두 번의 생명의 큰 위험도 있고 이런 것이 죽는 것이구나 하는 큰 수술도 있었지만 지금은 건강한 생활을 하고 있으니 아버지 할아버지와 조상님의 음덕이다.
조상님 음덕으로 살아가는 인생 더욱 건강한 생활을 위해서 하루에 한 시간 이상은 무조건 운동을 하고 있다.

오늘은 우리가 잊어가는 항렬을 통해서 이름의 중요함을 들여다보았다.
현재 자신의 노력에 비해서 결과가 부족하다고 생각하거나 험난함과 스트레스가 많은 분은 아버지 이름이 자신의 이름에 생하는 구조로 되어 있는 자를 보는 것도 하나의 방법이 된다.
이름이 자신과 맞지 않으면 평생 무거운 것을 하나 더 가지는 것이라 힘듦이 더하는 것은 당연하다. 그러니 이름이 자신과 맞지 않으면 개명이 필요한 것이다.

13. 공무원 공직도 자신에게 맞지 않으면 좋은 직업이 아니다

사람들이 선호하는 공무원 공직도 자신과 맞지 않는 일이라면 자신에게 좋은 직업이 되지 못해 고충과 스트레스가 많은 것이다.

쉽게 이야기하면 관운을 타고나지 않은 사람은 공무원 공직생활은 좋지 못하다.
어쩌면 너무나 당연한 말인 것 같지만 조금 더 깊이 들여다보자.
관운을 관성이라 하지만 지금의 현실에서 볼 때 더욱 부족함이 많이 있다.

옛날의 직업은 많이 한정이 되어 있었고 직업이 폭넓지 못했으며 올바른 직업은 양반들이 하는 벼슬인 관직만을 두고 하는 말이었으며 농업이나 상업과 관련된 의미는 전혀 없었다.
그래서 관성 하면 무조건 벼슬을 상징했다.

하지만 그때에도 관성을 가진 사람은 무조건 관운을 가진 것이니 벼슬길로 나아가면 좋다는 해석은 오류였다.

예를 들면 십성의 상관(傷官)을 가진 사람은 관을 상하게 하는 사람이니 관직에 나아가면 큰 사고를 치는 것으로 제명을 살지 못한다고 십성에서도 말하고 있기 때문이다.
직업이 관성에 해당하기도 하지만 오행과 십성이 작용하는 일들이 직업이 되는 것은 예나 지금이나 같은 것이다.
관성은 직업의 환경으로 본다.
관성을 가지지 않는 사람이 직업을 가질 수 없는 것이 아니며 노력으로 환경을 조성하면 된다.

직업이라는 것이 자신의 활동을 집단의 우리에 묶어 제어하는 것이다.

관성은 스스로 통제 기능을 가지기에 큰 조직인 공무원 생활이 맞으며 위의 지시를 잘 따를 수 있는 순종 파일 가능성이 아주 높기 때문이고 공무원 공직이 아니라도 대부분 직업의 직장생활이라는 것은 이와 비슷하다.

관성이 과한 사람이 자신의 주체성이 결여되어 있다고 풀이하기도 하는 이유이다.

편중되어 많은 오행이 있을 때 그것이 비겁이 되면 더욱 공무원 공직은 잘 맞지 않다고 보아야 한다.
물론 편중된 오행이 관성이거나 비겁이 공무원 공직을 상징하는 부분과 같이할 때는 예외인 것은 당연하다.

비겁이 편중되어 많이 있는 사람은 공무원 공직이나 직장 생활보다는 사업이 좋다.
능력이 되는대로 자영업을 시작하여 키워 나가는 것이다.
물론 객관적인 아무나 할 수 있는 사업이 아니고 자신의 주관이 가미된 자신의 영역 사업이며 이는 자신의 오행과 십성이 추구하는 사업이다.
그쪽으로 쭉 나가면 깊이가 차차 더해가고 그쪽에서 성공을 하여 대성한다.
꼭 직장 생활을 한다면 자격증을 가지거나 상사의 간섭이 거의 없는 공무원 공직이나 전문 직업인이다.
직장 내에서도 가능한 간섭이 배제된 공간이 필요하다.
연예인 예술가 작가 프리랜스 변호사 회계사 교수 등등 전문 영역의 직업으로는 무수히 많다.

앞에서 상관 이야기를 하면서 제명을 살지 못한다고 하였는데 관성을 가진 사람도 상관의 운기가 강한 사람은 스스로 통제 능력이 부족하고 자유분방하기에 자기 마음대로이며 자기가 싫은 일은 위 사람의 지시라도 죽으면 죽었지 따르지 않으려고 하니 그 스트레스의 고통은 말로 표현할 수 없는 것이다.

십성 중 상관이 많은 사람은 사주에 관성이 있더라도 관직으로 나아가면 좋지 못한 것이다.
옛날에는 왕의 명령을 어기면 바로 죽음이니 제명에 못 사는 사람이 상관을 가진 사람들이다.
이런 사람은 옛날에는 관직에 나아가지 않고 조상님이 유산이나 명예로 세상을 주유하면서 백수로 신선같이 살아가는 것이 제명대로 사는 것이다. 지금은 상관 기운이 강한 가진 사람은 만물박사이니 사회자 연예인 등으로 멋진 일을 하는 사람이 많다.

관성은 직업의 구성요건 중에 하나일 뿐이며 사주 구성으로 오행과 십성을 반드시 보고 직업과 관련된 것을 잘 활용하여 자신의 일인 직업을 결정하고 나아가면 즐겁고 아름다운 세상이 같이하며 그것이 희열이고 성취감이며 행복이다.

현재 스트레스가 많은 직업을 가지고 있더라도 자신의 추구하는 바로 약간의 변화를 주어도 그것이 혁신이 되어 좋음이 같이한다.
평생 습성과 습관으로 변화된 성정의 직업이라도 그대로 계속 나아가면 힘들고 험난함이 지속되지만 자신과 맞는 방향으로 약간의 변화로도 즐겁게 될 수 있는 것이 섭리이다.

돈이라 표현하는 재물의 재성과 직업의 환경인 관성은 아주 깊은 관계가 있으며 아주 중요하다.
직업으로 나아가 얻는 것이 돈이며 명예이다.

한 사람의 장래이기도 한 직업을 정말 잘 보아야 한다.
사회에서 아무리 선호하는 공직 공무원이라도 자신과 맞지 않으면 고충으로 추하게 된다.
맑은 물이 아니고 탁류를 선택한 결과이다.

직업이 자신에 맞고 바를 때 아무리 험난하고 사주 구성이 좋지 않은 사람도 좋게 개운이 되어 고기가 잘 놀 수 있는 맑은 물이 되어 즐겁고 아름답게 살아갈 수 있다.

14. 돈은 생활의 필수품이다.

공기와 물과 같은 것이라 없으면 불편하고 살아갈 수가 없으니 돈은 생활의 필수품이다.
돈을 부정하고 돈이 없어도 살아갈 수 있는 신선도 세상의 현실에는 없다.

돈을 상징하는 재성이 없는 사람과 많은 사람은 같다고 하는 데 실제 같은지 그 의미를 들여다보자.
공기와 물과 같아서 재성이 없으면 살아갈 수 없을까?
많으면 너무 많아서 돈에 깔려 죽는 것일까?
하여튼 이리저리 고단한 것이니 없어도 문세이고 많아도 문제인 것은 사주학의 견지에서 보면 맞다.
조화롭지 못한 것이기 때문이다.
사주학은 별것이 아니다.
조화 부조화를 보고 이의 활용을 바르게 하면 좋음인 길이 되고 바르게 하지 못하면 나쁨인 흉이 된다.
이를 자신에게 선이면 기쁨이 되고 좋음이고 불선이면 나쁨이고 악이 된다.
선은 착할 선이니 자신에게 착함이 되어야 좋은 것이다.

재성이 없는 사람과 재성이 많은 사람이 같다는 표현은 같이 조화롭지 못한 잘못될 성정이 많아 결과가 같을 확률이 아주 높기 때문이지 근본이 같은 것은 당연히 아니다.
쉽게 이야기하면 많고 없다는 글자부터 틀린 것이다.
그 말은 틀린 것은 당연하다는 의미로 하는 이야기이다.
오행이 없거나 많은 사람은 같이 그 오행에 대한 욕심이 과하게 표출되는 심리적인 구조이다.

그러니 욕심이 과하면 탈이 나는 것이 이치이니 그대로 나아가면 쪽박 차는 것이다.

물론 사주풀이라는 것이 그것만 살펴보는 것이 아니며 사주를 모두 분석하고 행운도 더불어 같이 보고 주변의 상대들도 같이 보기에 단순하지는 않다.

그렇지만 특별한 제약조건이나 노력이 없으면 그쪽으로 흐르는 것이 섭리이다.

그래서 오행은 상생구조가 좋은 것만 아니며 상극의 구조가 나쁜 것만 아니다.

재성을 가지지 않는 사람은 돈 버는 재주가 부족하다.

적어도 돈에 대해서는 머리가 팽팽 돌아가지는 못한다.

사람도 잘 사귀지 못하며 그것은 상대가 소통의 재미를 느끼지 못하기 때문이다.

당연히 상술이 부족하게 되어있다.

임기응변이 약하며 대처능력도 떨어진다.

돈에 대한 경제적 계산능력이나 수지계산 능력이 보통 사람들에 비해서 떨어지고 아버지에 대한 도움도 없고 남자는 아내의 도움도 크게 없으며 여성은 시어머니와 사이가 좋지 못하니 시가의 도움을 받지 못한다.

하지만 돈에 대해 집착하고 돈 생각만 가득하니 돈타령을 잘하고 매사 사람을 비교하는 좋고 나쁨의 비교기준이 돈으로 한다.

남편도 돈을 벌어오는 도구로 다른 남편과 돈으로 비교를 하는 사람이다.

그래서 돈의 노예가 되기 쉽고 돈의 지배를 받을 가능성이 높다.

그러니 돈이 없는 것이다.

재성을 많이 가진 사람은 모든 것이 돈으로 보이는 아주 과한 욕심을 가진다.

그러니 망하기 아주 쉬워 재성이 많은 사람을 보고 사업을 하지 말라고 권하기도 한다.

하지만 이런 사람은 돈 버는 사업은 당연히 좋다. 다만 기복이 심한 굴곡을 가지기에 때를 아주 조심하면 된다.

그것을 알지 못하고 행동하면 당연히 알거지가 된다.

재성이 많은 사람은 특히 돈에 대한 머리가 팽팽 돌아가며 두뇌 회전이 매우 빠르다.

그러니 대처능력이 매우 뛰어나며 아주 능동적인 재치를 가지니 재미가 있는 사람이라 인기가 상당히 많다.

당연히 영업도 잘 할 소지를 가진다.

이성들이 좋아하며 특히 남성은 주변에 이성이 너무 많아서 탈이다.

물론 야박한 성질을 가진다.

모든 것이 돈과 연관되고 인성을 극하기 때문에 인간미가 없지만 재성의 많은 장점을 잘 활용하여 때에 맞게 나아가면 부자로 살아가는 것이다.

그렇다고 재성이 없는 사람은 부자로 잘 살아가지 못하라는 법은 없다.

해결 방법은 돈이 아니고 일이다.

돈에 대한 생각을 접는 것이며 내려놓는 것이다.

그리고 재성이 없으면 다른 십성 중에 많은 것이 반드시 있게 되어 있다.

그쪽의 맞고 잘하는 일을 열심히 하여 일에서 성취감을 느끼면 부수적이지만 자동으로 돈이 들어와 부자로 살아갈 수 있는 것이다.

또 기회도 있다.

대운 세운에서 재성이 들어올 때가 자신의 좋은 운기이며 기회를 잘 잡으면 된다.

대운을 잘 맞이하면 20년 30년은 이어진다.
그때 번 돈을 저축해 놓으면 된다.
재성이 없는 사람은 직장 생활이 맞고 특히 사업은 좋지 못하다.
일은 잘할 수 있으며 돈과 직접 관련이 없는 부분에서 최고의 자리까지
오를 수도 있다.
관성이 주중에 같이하면 공무원 공직은 최상의 직업이다.
주중에 재성이 없는 사람은 사업은 가능하면 하지 마라.
피할 수 없는 험난함의 고충과 실패가 더한다.

반면에 재성이 많은 사람은 일반적인 직장 생활은 맞지 않지만 돈과 관련
된 직장은 좋다.
은행 등의 금융업이다.
그리고 일찍부터 돈과 관련한 사업을 직접 해도 좋은 것이며 그것이 업상
대체의 개운이다.

재성이 없는 사람이나 많은 사람은 이리저리 이성 관계는 좋지 못하다.
재성이 많은 여성은 정조관념이 없을 수 있으며 재성이 없는 남성은 이성
관계가 아예 없을 수 있고 많은 남성은 이성관계가 너무 복잡할 수 있다.
이성 관계는 같이 주의의 노력이 필요하며 업상 대체로 개운을 하면 다
해결이 된다.

재성이 없는 사람이나 재성이 많은 사람들이 잘 못 나아가면 모두 돈 걱
정을 하며 빈털터리가 될 수 있다.
그래서 같다고 하지만 좋고 길함으로 나아가는 방법은 완전히 다른 것이
며 이를 잘 활용하면 모두 부자로 살아간다.

15. 사람은 다섯 개의 오행의 결합으로 이루어진 것이다.

생명의 탄생은 하나에서 시작하지만 사람의 철학적 구조는 그보다 복잡한 다섯 개의 결합으로 만들어진 것으로 처음부터 시작한다.
그것이 자신의 순수함인 참진 모습이다.

그 다섯 가지의 근본은 벌이는 것을 좋아하거나 화려하게 행동하는 것을 좋아하거나 가만 자리에 있기를 좋아하거나 결과물을 위해서 힘을 사용하기를 좋아하거나 지혜로 진리를 찾기 좋아하는 것이다.
이는 이론적 오행의 성정이지만 그대로 존재하는 것이 아니며 결합으로 이루어진 결과가 자연적인 상태로 존재하는 것이 사람이며 그것이 자신의 참진 모습이고 본성이고 특성이고 개성이고 재능이다.

물론 이론적으로 하나의 오행이 과해지면 당연히 나쁘게 발동하는 것이 이치이고 섭리이다.
이를 반복하여 들여다보는 것은 자신의 참진 모습에 결정적으로 기여를 하여 특색을 가지기 때문이다.
하고자 하는 일이 많아지어 욕심이 생기고 화려한 행동을 많이 하고자 하다 보니 성급해지고 더욱 무거워서 가만있는 것이 왕고집이 되어 더욱 소통이 잘되지 않고 자신의 결과물을 위해 더욱 힘을 많이 사용하니 남을 해하기도 하고 진리를 찾아 더욱 나서다 보니 잔재주 꾼이 되기도 한다.

사람은 돈인 재물을 얻기 위해서 명예를 얻기 위해서 즐거움의 희열을 느끼기 위해서 살아가는 것이다.
이것이 잘 될 때는 조화로 삼위일체가 되어 아름다운 자신의 세계에서 살아가는 것이며 이것이 삼합의 원리이다.
삼각형을 중심으로 한 자신의 원이 자신의 생활이고 삶인 것이다.

희열 (행복능력)

명예 (존재능력)

재물 (재산능력)

삶의 조화

운행을 잘못하면 찌그러진 원도 당연히 존재한다.

삼각형도 나름인 것이며 이 모두를 조화롭게 균형을 이루며 다 가지는 정삼각형을 구성하는 정원이 되는 사람의 구조는 없으며 기울기도 있고 간격도 틀린 것이 이치이다.
그것이 오히려 더 자연스럽다.
지구도 정원이 아니며 기울기도 가지고 있는 것이다.
그래도 지구는 아주 잘 운행하며 일하는 구조이다.
특히 기울기가 의미하는 것은 시공의 환경이며 행동하는 길로 운행하는 일이다.
여기에 적용하면 사람은 각자의 길로 운행하는 일을 하며 특색을 가지는 것은 마땅함이다.

지구별은 자전축 기울기가 23.5도이며 지구와 오성을 비교할 때 수성이 가장 기울기가 작으며 금성이 기울기 가장 심하다.
그래서 금성은 역행을 하는 별이며 자신의 힘으로 세상을 바로하고 자 하는 혁명의 기운도 가지는 모양이다.

수성은 현재 밝혀진 행성 중에 자전축의 기울기가 가장 작은 0.0352도이다.
그래서 지혜를 상징하는 오행의 별이 된 것 같다.

그다음이 목성으로 3.13도라 자신감을 가지고 벌이는 일을 좋아하고 만물을 양육하는 일을 관장하는 오행의 별이 되었다.

그다음이 지구의 별로 23.5도이며 무난한 별로 조화를 이룰 수 있는 사람들이 살아가는 하늘과 땅의 별이 되었다.

화성은 자전축의 기울기 25.19 토성은 26.73도로 사주학에서는 화토동색 화토동궁이라는 말을 사용하는 별이 되었다.
자전축 기울기를 rad(기울기의 단위)로 보면 0.4396과 0.4665로 0.4에서 같이 점유하는 기울기를 가지고 있다.
기울기가 비슷하니 시공이 거의 같다는 의미로 보면 된다.

하지만 근본은 물론 다르다.
그래서 오행으로 화성이 생하여 주는 별이 토성이며 토성이 움직이는 활동 중심이 되는 별이다.
화의 성급함을 설기 하여 주는 의미도 가지며 토 오행은 각자의 중심이 되는 땅의 오행이다.
토가 없으면 안정이 되지 못하여 괜히 불안하다.

앞에서 말한 금성은 기울기 177.4도로 가장 기울기를 많이 가지는 행성이며 오성 중 유일하게 역행하는 별로 역동적(逆動的) 극함으로 성장하고 결실을 의미하는 별이 되었다.
그래서 생극제화 활동에서 극은 나쁜 것만 아니며 성장을 의미하기도 하는 것이다.

지구의 운행도 완벽하지 못하여 항성인 태양을 지구가 황도로 공전하면서 운행하는 한 번을 도는 궤도가 일 년인 360일(360도) 넘고 과하여 5.25일 정도 많은 것이다.

간단히 말하면 일 년이 365.25일이다.

달이 지구를 한번 공전하는 것이 한 달이며 29.5일이라 한 달로 30일이 되지 못하는 섭리를 가지고 있다.

한 해는 360일이 넘고 과하여 많아지고 한 달은 30일에 미치지 못하고 오히려 부족한 괴리의 섭리를 가지고 있으니 참 현묘하다.

이를 밀어주는 원리와 당겨주는 현상으로 배척운동과 이끌림 운동으로 한쪽으로 휨의 표출이며 편중된 것이다.

달을 기준을 해를 볼 때 약 11일이 모자라는 것이라 현실에서 보완이 필요하였다.

우리 조상님은 양력인 태양력과 음력인 태음력의 책력을 모두 만들어 윤달 윤년으로 잘 조정해 왔다.

이를 모르는 어리석은 정치가들이 없애고자 하였지만 지금은 법으로 되어 있다. 그래서 우리가 지금 사용하고 있는 달력이 태양 태음력이다.

그 안에서 살아가는 사람도 당연히 완벽하지 못하게 운행하는 일을 하는 것이며 이를 두고 사람은 신이 아니라는 말로 대신하며 치우치는 것이 오히려 질서가 된다.

하지만 노력을 하는 것이며 신이 되고자 하는 어리석음을 범하고 있다.

때가 되면 다 될 것인 데 필요 없는 걱정이다.

사람은 다섯 가지의 오행으로 태어나지만 단독으로 독립된 성질을 발휘하는 것이 아니며 이들 운기의 시스템 결합으로 자신의 성정이 되어 표출하는 것이며 이를 체(體)라 한다.
이 체는 시공간의 때와 상대에 따라서 변화하는 질서를 가지며 운행하는 일을 한다.

이 체는 사람의 몸보다 범위가 훨씬 넓은 철학적인 것이다.
물론 형이하의 물상인 몸도 포함하는 것은 당연하다.
때의 시공간도 오행으로 되어 있고 다른 사람도 당연히 오행으로 존재하기 때문에 조화로 향해 나아가는 것이다.
나를 중심핵으로 하여 작용하는 것이다.
그 작용은 나의 좋은 것으로 향하고자 하는 철학적이고 심리적인 에너지인 것이다.
하지만 시공간이나 상대도 같은 것이 아니며 때에 따라 다르게 작용하니 좋음을 찾기가 참 난해하다.
그 사람은 역시 그 사람인데 어떤 때는 좋다가도 어떤 때는 싫다.
이를 나의 변덕이라 하지만 진실은 시공간이 틀리기 때문이다.
나의 시공간도 틀리고 그 사람의 시공간도 틀린 것이다.

달리는 나의 승용차 안에서 상대를 바라볼 때 같은 방향으로 가는 차의 사람이 가만 서 있는 사람이나 반대로 가는 사람에 비해서 길게 오래 보이는 것은 당연하다.

이는 아주 오래전에 생성된 오행의 이론이며 자신과의 같은 결합이 더욱 오랫동안 지속되는 에너지이다.
중력으로 휨이라 보지만 오행의 이끌림이다.
이는 결합이 좋은 것을 의미하는 것으로 같은 오행을 두고 하는 말은 절대 아니다.
같은 오행은 서로 배척의 기운을 가지기에 반대로 향하는 것이다.

자연 원소가 92개라고 하며 인공원소를 포함하여 118개가 현재로 존재하지만 인공원소를 자연 상태로 두면 바로 소멸된다는 것이 현재 과학의 원리이다.

과학은 필요에 의해서 그 시공에서 잘 보관하고 사용하면 되지만 자연적인 사람은 억지로 하는 것은 지속성이 없다는 의미로 노력이 허사가 된다는 것으로 가지고 오면 된다.

같은 양자나 같은 전자끼리는 강제적인 온도의 힘을 가하지 않으면 배척하는 것이며 양자와 전자의 이끌림의 결합도 수소의 경우 섭씨 10,000도 이상의 엄청난 온도를 가하지 않으면 떨어지지 않는다.

오행의 열을 상징하는 불의 화는 행동을 의미하며 살아가는 사람에게는 아주 중요한 것이다.

다만 같은 오행은 좋을 것 같지만 배척하기에 좋지 못하며 이를 도플갱어의 거울 성정으로 아주 싫은 것이지만 강제적인 매듭의 띠가 있으면 꼭 나쁘지만 않는 것도 섭리이기는 하며 자신이 강하게 되는 것이기도 하다.

우주의 많고 많은 별들의 자기 원소 중에 가장 많은 원소가 수소이고 그 다음이 헬륨이라고 한다.

그래서 원소주기율표가 H He로 시작하고 92가 U(우라늄)이다. 물론 인공의 원소가 있어 118개라고 한다.

이 중에 철심인 Fe도 존재한다.

철이라 하면 되는 것을 유별나게 철심이라 하는 이유는 간단하다.

핵으로 존재하고 그것이 심이기 때문이다.

별에서 가지고 온 것이지만 우주의 현재 밝혀진 별들은 그 핵이 철이다.

별들의 원소가 반응을 하면서 에너지를 방출하고 나아가는 데 그것은 철심으로 향해 나아가는 것이다.
좋아하는 것이 철이라는 결과물이다.
우리의 조상이신 태호복희는 오행의 중심을 토인 흙으로 두고 있다.
하도에서 표출하고 있는 것이다.

그것은 움직임의 중심이지만 결과는 아니다.
탄생의 수에서 탄생되어 목으로 화로 토로 금으로 나아가는 것이 오행이며 이 또한 순환의 질서를 가진다.
그래서 결실인 결과물이 금이 되며 가을농사를 말한다.
사람은 결실은 결과물을 향해 농사를 지으며 나아가는 것이다.
자신이 좋아하는 결과물을 향해 에너지를 사용하는 것이다.

우주의 별들의 에너지 운동과 사람의 에너지 운동은 같은 것이다.
사람도 오행이나 생활도 우주 변화 질서로 적용되는 것이라 당연한 것이지만 천체의 운동을 관찰하고 천문학이 혁신적으로 발전한 시기가 고작 100년 정도라고 한다.

지금의 생각으로 과학이나 관측구나 제대로 발달되지 아주 먼 옛날 약 5,500년에 만들어진 오행의 현상이 우주 운행과 변화 질서를 정곡을 꿰뚫어 보고 있으니 천지 자각이라는 의미는 말로 표현할 수 없는 대단하고 현묘함을 밝힌 것이다.

조상님께서 천지 자각으로 보이지 않는 시공간을 보이는 시공간으로 들여내고 만든 것이 태어난 해와 달 날 때로 표시되는 자신의 간지인 사주이다.
이를 활용하면서 자신의 좋은 길을 찾아서 살아가는 것은 마땅함의 바른 질서이다.

완벽한 정원은 아닌 것은 당연하다.
자신이 좋아하는 것으로 편중되는 이끌림을 가지기에 자신에 맞는 원이
되며 그것으로 원이 용수철같이 즐겁게 파동 하며 아름답게 살아가는 것
이다.
당연히 즐겁고 아름다운 생활의 삶이 되고 희열을 느끼고 명예를 가지고
재물을 얻는 것이다.
그러면 많은 사람이 살아가는 세상은 조화를 이루게 되어 지구가 잘 운행
이 되어 전쟁과 같은 지독한 경쟁도 없는 것이 이치인데 지금은 그러지
못한 경우가 많으니 지구가 몸살을 하는 것이다.

간단히 하나만 예를 들면 사주에 재성인 돈이 없는 사람이라면 일에서 즐
거움의 희열이 더하면 부수적이라 자동으로 부자로 살아가는 것도 섭리이
다.
그렇지 않으면 재물 부분이 완전 찌그러진 원이 될 것이다.
이런 것들이 많이 모이면 지구는 당연히 몸살을 하고 계속되면 운행이 제
대로 되지 않아 이변이 일어나는 것이다.

16. 자연현상인 계절을 사람이 보면 자신의 예보이고 징조이다.

자연현상인 계절을 사람이 보면 자신의 예보이고 징조이다.
밤낮이 변하고 봄여름 가을 겨울의 계절이 변하며 순환하는 질서 속에 사람은 변화에 자연적으로 적응하고 순응하면서 잘 살아간다.
이 변화는 단 한 번도 어긋남이 없는 우주의 변화 질서이니 사람들은 아무도 의심하지 않으며 그냥 자연스럽게 믿는다.

봄에는 새싹이 돋아나고 여름에는 무성하고 가을에는 열매가 맺는 결실이 있고 겨울은 땅속으로 들어가서 폐색하는 것을 안다.

새싹이 때가 되면 꽃으로 피고 꽃이 때가 되면 지면서 열매를 남기고 그것이 씨앗이 되어 땅 위에 떨어지고 추운 겨울에는 땅속에 들어가 폐색하면서도 자신을 보호하고 숙성시켜 성숙된 맛을 더하고 내년 봄에 다시 태어날 준비를 하는 것이다.
이것이 매년 반복되는 순환의 보이는 질서이다.
하지만 매년 똑같은 것은 절대 아니다.
순환한다고 똑같이 순환하는 것이 아니며 변화 질서를 가지고 다른 때로 순환한다.

자연의 계절이 사람에게 남겨 준 자연적 암시이고 징조이며 예보인 것이다.
사람은 보이지 않는 질서 속에서 살아가고 있기 때문이며 행동으로 공간에 나타나야 보이는 것이다.
그 행동의 결과를 가지고 잘잘못을 논하면 이미 때를 지나쳐 늦은 것이다.
그냥 결과일 뿐이다.

미리 자신과 맞는 방향을 잡아 준비하지 못했기 때문이다.

바른 계획이 없는 것이기도 하다.

그래서 추함이 되기도 하고 나쁨이 되기도 하며 원하는 바를 이루지 못하는 것이 되기도 하는 것이다.

간혹 운이 좋아 좋음이고 아름다움이 되기도 한다.

좋음이고 아름다움일 때는 당연히 문제가 없지만 추하고 나쁨일 때는 당연히 자신에게 험난함의 고충과 스트레스가 많고 이루는 것이 부족하여 추한 것이다.

사방이 캄캄하고 앞을 볼 수 없는 현상이 발생한 것이다.

예보인 암시 징조를 잘 알고 대처할 수 있는 변화 질서를 알고 능동적으로 나아가 믿음을 얻는 것이 현명한 생활이다.

그러면 미래인 앞이 보이고 자신의 바른길 바른 질서를 얻는 것이다.

바뀌는 예고의 암시나 징조는 아는 것이 역(易)이다.

하지만 복잡하게 생각할 필요는 전혀 없으며 자신의 계절을 알고 그것으로 순환하면서 때에 따라 맞게 나아가면 되는 것이다.

자신의 계절을 안다는 것은 현재를 잘 살아간다는 의미이다.

그러니 미래를 더욱 걱정할 필요가 없는 것이다.

이것이 현실에 충실하자. 라는 의미이다.

막연하게 현실에 충실하자는 것이 아니며 자신의 기준에 맞게 현실에 충실하면 되는 것이다.

모든 사람이 자연현상의 영역 속의 계절에 맞게 살아가고 있지만 이것을 자신에게 가지고 오면 자신만의 계절이 있는 것이다.

자신의 계절로 살아가는 것은 태어남의 마땅함인 시의성의 계절이며 그것이 자신의 명확한 기준인 것이다.

이는 우주 변화 질서의 자연 현상이나 섭리 원리 이치의 모든 것과 연관한다.
하늘땅 사람 만물이 모두 관련이 되어 있다.
우주 안에 있는 만물의 모든 것이 대상이다.
자신을 기준으로 세상을 바로 보는 것이다.

모든 것이 변하는 변역(變易)의 세상이지만 그 속에서 변하지 않은 불변(不變)의 법칙이 있으며 그것이 자신의 기준인 시의성(時宜性)이다.
우선 자신의 봄여름 가을 겨울만 알아도 세상을 살아가는 데 엄청 도움이 되는 것이다.

깊이 들어가 15일의 단위인 자신의 24절기를 볼 수 있으면 더욱 미래를 확실하게 인식할 수 있어 더욱 좋은 것이며 매 시각의 때에 따라 행동하는 사람이니 자신의 바이오리듬의 좋고 나쁨의 주기까지 알면 그 이상은 없으며 최상의 희열이다.
물론 그에 맞게 행동을 하고 하지 않고는 자신의 몫이다.

다가오는 하루하루의 일기 기상, 주별 기상, 월별 기상, 연별 기상을 예측하고 예보하는 것의 기상학도 천문학 속이며 기(氣)의 상(象)에 따른 변화의 때를 보는 것이니 당연히 역이다.
이 또한 확실한 기준을 가지는 것이다.
공간의 자리이다.
일기예보의 기본이 지역의 자리이다.
여기에서 때에 맞는 판단을 하고 때에 맞게 예측을 하는 것이다.
물론 자리에서 때가 지난 것은 역사가 되어 자취로 남는 것이다.

그래서 이변도 관측할 수 있다.

하늘의 기운인 기상학을 사람에게 가지고 와서 한 사람의 자리 공간에서 기의 상으로 때에 따른 변화를 보는 것이 인문학 학문인 사주학이다.
각자의 사주는 생년월일시인 태어난 해와 달 날 때의 네 나무 기둥으로 태어남의 마땅함인 시의성이 때이기 때문이다.
이 시의성을 부인하면 자신의 태어남이 없다.

다른 사람과 구별할 수 있는 자연적인 유일한 것으로 절대 불변이다.
그래서 자신을 대변하는 인위적인 이름과는 다른 것이다. 이름은 원하면 언제든지 변경할 수 있다.

자신의 사주는 자신의 봄여름 가을 겨울이기도 하며 자신의 원형이정(元亨利貞)이기도 하다.
여기에 자신의 태어난 달도 있으니 계절의 표시도 직접 있다.
이는 통상적이며 모든 사람 가지며 살아가는 달이기도 하며 계절이기도 하다.
이와 별도로 자신만의 계절도 달도 내재되어 있는 것이다.

자신의 태어난 해의 생년이며 본인의 근원이며 으뜸의 기준인 것이다.
그것을 원(元)이라 하며 이로 세상에서 해로 시작을 하는 것이다.
용의 해에 태어난 사람이 3월에 태어났다면 용 년부터 시작하니 5월이 되는 것이다.
그래서 용은 진이니 진월(辰月)부터 시작하는 것은 마땅함의 질서이다.

보이는 사실로 볼 때 3월이며 보이지 않는 진실로 볼 때 5월은 자신의 위치공간인 달의 시작이 된다.

3월은 통상적인 자신의 위치공간의 시작이다. (이는 음력의 기준이다.)

예보인 징조나 암시를 아는 것은 자신의 변화 질서인 계절의 역을 아는 것이며 이를 잘 알고 대처하며 때에 맞게 바르게 나아가는 것이 자신의 바른 생활이며 즐겁고 아름다운 인생 삶이다.

항상 자신이 살아가는 길에도 이변이 있는 것이다.
그것이 좋은 것이 될 때는 천우신조(天佑神助)나 천재일우(千載一遇)의 기운이 된다.

좋음을 얻었다고 오만하고 교만하면 좋지 못한 것이다.
겸손으로 하늘의 덕에 의해서 내가 지금 잘 되어 있다고 생각을 하며 세상의 덕 사람의 덕분으로 잘 살아가고 있다고 생각을 하며 고마워하고 감사를 하면 좋음은 영원할 것이다.

17. 계절의 첫 시작인 봄의 계절과 사람의 봄

계절의 첫 시작을 봄이라 하며 이를 춘하추동의 첫 시작인 춘(春)이며 생(生)이 된다.
땅 속에서 처음으로 지상에 나와 태어남의 생을 의미하는 계절이다.
봄은 음력(陰曆)으로 1월 2월 3월이다.

절기로는 양력(陽曆)인 2월 4일경인 입춘에서 4월 20일경인 곡우를 지나 5월 6일경인 입하의 입절시간까지 이다.
여기에 양력(陽曆)은 서양의 양력(洋曆)과는 다른 것이다.

순서로는 입춘→우수→경칩→춘분→청명→곡우→입하사이이다.

1월은 입춘절이 되며 2월은 경칩절이고 3월은 청명절이다.
책력의 달과 절기의 달은 차이가 있는 것이며 절기절은 절기와 절기의 사이가 절기의 한 달이 된다.

입춘절은 동풍이 불어 언 땅이 녹고 땅속에서 잠자던 벌레가 움직이기 시작하고 물고기가 얼음 밑을 돌아다니며 초목이 싹트기 시작한다.

경칩절은 매화꽃이 피기 시작하고 천둥번개가 개구리 등을 겨울잠에서 깨어나게 하고 춘분이 중기로 있는 달이며 농사에 있어 아주 중요한 시기로 첫 바람을 보고 일 년 농사를 예측하기도 한다.
춘분날 남풍이 불면 풍년이 들고 북풍이 불면 흉년이 된다고 예측하기도 한다.

청명절은 하늘이 맑기 시작하며 오동나무가 꽃을 피우고 농부는 논밭을 고르고 한식과 식목일이 있는 시기이다. 곡우는 봄비가 내리기 시작하여 땅이 기름지게 되어 백곡이 융성하는 때로 이때에 딴 차가 기(氣)가 왕한 우전차이다.

봄은 지상에서 가장 먼저이니 항상 희망이 가득하고 행운이 항상 있을 것 같은 봄이다.
만물의 봄인 시작은 잘 될 것 같은 기대로 시작을 하며 사람의 시작 또한 그러하다.
여기서 부터 시작하여 자신의 자리를 잡는 것이 섭리이다.
그렇게 하여 때에 맞고 바르게 나아가면 즐겁고 아름다운 것이다.

춘의 한자 속으로 들어가 보면 풀 초(艸)와 진칠 둔(屯)과 해 일(日)의 합자가 봄 춘(春)이라 한다.
진칠 둔은 새싹이 올라오는 모습을 그린 것이라고도 한다.
물론 이제부터는 진을 치는 것이니 당연히 자신의 자리를 잡는 것이다.
그래서인지 춘은 봄을 의미하고 새로운 시작을 의미하며 동쪽을 의미하고 남녀의 정을 의미하기도 한다.
그래서인지 춘을 춘정에 비유하기도 하여 정욕을 가진다는 의미로도 사용이 되고 있다.
정이란 뜻 정이니 뜻을 두고 자리를 정하는 것이다.
항상 거기서부터 첫 시작하는 것이 이치이며 거기서부터 나아가는 것이다.

계절은 누구나 다 알고 경험하지만 순환하는 변화 질서를 가진다.
하지만 똑같이 변하는 것은 아니다.
느끼지 못할지는 모르지만 매년 차이를 가지는 것이 변화 질서의 섭리이다.

똑같은 봄이 아니며 똑같은 겨울이 아닌 것이라는 의미이다.
그것은 때가 다른 봄이고 다른 겨울로 순환하는 것이다.
자신을 기준으로 할 때 지난봄과 다가오는 봄은 다른 것이다.
나아가며 순환하는 섭리를 가지고 있기 때문이다.

그렇지만 봄은 봄이고 여름은 여름이며 가을은 가을이고 겨울은 겨울이기
에 같은 것으로 착각을 할 수도 있는 것 또한 이치이다.
하지만 분명히 때가 다른 것이다.

성장이라는 표현도 되고 늙어가고 있다는 표현도 틀린 것은 아니다.
성장하여 장성이 되면 외부로 성장은 끝난 것이라 밖으로의 무한한 성장
은 없기 때문에 그때부터는 외재적으로는 적어도 늙어가고 있는 것이다.
다만 내실을 다지며 자신을 곧게 바로 세우며 숙성되고 성숙되어 자신의
맛을 더하는 것이 이치이다.

자연현상의 계절로 봄은 사람인 개인에게 와서 봄은 또 다른 의미를 가지
며 사람마다 자신의 봄의 시작은 다 다른 것이 이치이다.
그것은 두말할 필요도 없이 태어남이 시시각각으로 때가 다르기 때문이
다.
자신의 탄생은 변화 질서의 모든 것이 일치하여 다른 사람과 구별되는 시
의(時宜)와 성(性)인 시의성을 가지고 거부할 수 없는 지극히 자연적이며
절대적인 소명인 사명을 가지고 태어났기 때문이다.

태어난 그때가 당연히 처음의 시작이 봄인 것이다.
그것을 시작으로 작은 묶음의 띠를 반복하면서 살아가는 것이 한 사람의
순환질서이다.
80년을 살아간다고 하면 80번의 자신의 봄이 있는 것이지만 매번 맞이하

는 봄은 다 다른 것이 이치이다.

그래서 가장 큰 묶음의 생년의 띠가 있고 생월의 띠가 있으며 생일의 띠가 있고 생시의 띠가 있는 것이 이치이다.
우리가 흔히 호랑이띠 범띠라 하는 것이 생년이 띠인 것이다.
그래서 항상 범의 계절이 호랑이띠로 태어난 사람의 봄의 첫 시작이 되는 것이 섭리이고 이치이다.
그래서 인월이라 한다.
토끼띠로 태어난 사람은 첫 시작이 묘월이 되는 것은 마땅함의 질서이다.
거기서 순환하면서 반복하는 변화 질서를 가지며 때에 맞게 순응하면서 살아가면 좋음이 같이하고 즐겁고 아름다운 세상이 되는 것이다.

자신을 깊이 있게 들여다보고 항상 새로운 시작을 하거나 확장하고 벌이는 일을 하여 자연스럽게 잘될 수 있는 때가 자신의 봄이다.
이때에 마무리하는 것을 하면 결실이 부족하여 노력이 허사가 되어 원하는 바대로 결실하지 못하는 것이다.

자연현상의 자연법칙을 인간에게로 오는 것은 마땅함의 질서이다.
그것을 그대로 가지고 와서 자신에게 적용한 것이 자신의 봄인 것이며 보이지 않는 것을 볼 수 있는 지혜를 가지는 것이다.
그러면 미래는 전혀 걱정할 필요가 없다.

사람에게는 항상 행운이 따르고 시작의 기회는 있다.
그것을 자신이 잘 활용하며 살아가면 이 세상이 즐겁고 아름다우며 행복하고 성취하는 희열을 맛보게 되어 있음은 마땅함인 시의성의 기준에 의한 변화 질서이다.

18. 성정의 계절 여름과 사람의 여름

여름은 하(夏)이며 장(長)이다.
계절을 춘하추동(春夏秋冬)이라고 하지만 생장수장(生長收藏)이라고도 한다.
장은 길다는 의미와 자라서 어른으로 나아감을 의미하니 여기서 여름은
자라서 무성함하고 아름다움을 의미한다.

활발한 움직임을 가지니 적극적이고 정열적인 계절이 된다.
여기에는 가장 무더운 여름인 장하의 더위도 있는 계절이 된다.
여름은 음력으로 4월 5월 6월이다.

절기로는 양력으로 5월 6일경의 입하에서 6월 6일경의 망종 6월 22일경
인 하지 7월 7일경의 소서 7월 23일경의 대서가 지나고 8월 8일 경의
입추의 입절시간까지 이다.

순서로는 **입하→소만→망종→하지→소서→대서→입추**사이이다.
이때에는 앞만 보고 나아갈 때이다.
왕성하게 일을 할 때를 의미한다.

4월은 입하절이며 5월은 망종절이고 6월은 소서절이다.

입하절은 여름의 기운이 들어오기 시작하니 신록이 아름답다.
청개구리가 울며 지렁이가 나오고 보리 밀 등 봄 농사의 수확 시기이다.
가을 농사를 본격 시작하는 시기로 모내기의 때가 된다.
중기인 소만 이전에 모내기를 완료하여 가뭄을 대비하는 때가 되기도 한
다. 가뭄이 되면 모내기를 할 수가 없는 것이 이치이다.

망종절은 채소씨 뿌리기 좋은 시기이며 매미가 울기 시작하는 가장 바쁜 때가 된다. 이때를 놓치면 먹고살기가 힘들어지니 보리 베기를 바삐 하고 모심기를 빨리 마무리해야 한다.
하지가 중기로 있으며 이때부터는 더위가 누적되기 시작하며 가뭄은 가고 장마가 시작되는 시기이다.

소서절은 대서가 중기로 있으며 삼복더위가 있는 장하의 무더운 여름이 된다.
이때에는 더운 바람이 불고 흙은 습하고 더워지며 이때의 식물은 수분이 많아 잘 썩기 때문에 풀을 베어 퇴비를 준비한다.
논에는 벼가 뿌리를 잘 내리는 시기이기도 하다.
사람은 이때에 삼복더위를 잘 나기 위해 절식으로 삼계탕 등의 보양식을 먹는 때가 된다.

자연현상의 여름도 사람인 자신에게 오면 자신의 여름도 당연히 있는 것이다.
자연현상의 계절로 여름이 개인에게 온 여름은 또 다른 의미를 가지며 성장을 의미하지만 다 다른 자신의 여름으로 존재하는 것이 이치이다.

그러니 단순한 자연현상의 절기가 아닌 자신의 띠에서 시작하는 달이 해당하는 봄여름 가을 겨울을 보고 절기를 보는 것이다.
그 자리의 공간위치에서 여름이 되는 것이다.

태어난 그때가 당연히 처음의 시작이 생으로 봄이지만 성장은 여름인 것이다.
사계절은 사등분하며 90일정도이지만 봄과 가을은 지내기가 수월하니 짧게 느끼는 것이며 여름과 겨울은 길게 느끼는 것이 지내기에 힘듦이 있는 것으로 형이상의 정신적의미가 내포되어 있다.

80년을 살아간다고 하면 80번의 자신의 여름이 있는 것이지만 매번 맞이하는 여름은 다 다른 것이 이치이다.
지난 때는 다시 돌아오지 않는 것은 당연함의 질서이며 불변의 진리가 된다.

자신을 깊이 있게 들여다보고 자신의 여름에는 성장을 향해 자신에게 바른 길로 정열적이며 적극적으로 나아가면 되고 남의 눈치도 볼 필요 없이 거침없이 행동할 때가 된다.
다만 너무 역동적으로 힘을 사용하다보니 지칠 수 있어 건강을 조심해야 한다.
이때에는 더위뿐만 아니라 가뭄도 있고 장마도 있다.
장애물이 시기를 하는 때가 되지만 운기가 형통한 시절이다.

물론 이때에 시작하는 것을 하면 이미 때가 지난 것이기에 결실이 당연히 부족한 것으로 허사가 된다.

자연현상의 자연법칙을 인간에게로 오는 것은 마땅함의 질서이다.
그것을 그대로 가지고 와서 자신에게 적용한 것이 자신의 여름인 것이며 보이지 않는 것을 볼 수 있는 지혜를 가지는 것이다.
그러면 미래는 전혀 걱정할 필요가 없다.

자신이 자신의 여름을 잘 활용하며 살아가면 잘 성장하고 이 세상이 즐겁고 아름다우며 행복한 것이다.

19. 자연현상의 계절 가을과 사람의 가을

가을은 춘하추동의 추(秋)이며 거들 수(收)이다.
그래서 결실의 계절이라 한다.

결실의미의 가을인 자연절기와 사람으로 각자 가을의 결실 시기는 다르다. 물론 때가 같으면 같을 수도 있는 것이 섭리이다.

사람도 자연의 절기에 따라 봄이면 봄옷을 입고 여름이면 여름옷을 입고 가을이면 가을 옷을 입으며 겨울이면 겨울옷을 입는 것은 바른 생활이며 마땅함의 자연 질서이고 자연법칙이다.

자연 질서를 잘 지켜야 험난함이 없으며 순응하는 길이기 때문이다.
사람도 당연히 우주 변화 질서인 자연 질서를 지키며 살아가야 하는 만물 중에 하나의 우리이며 범주이고 영역 속이다.
가을은 음력으로 7월 8월 9월이며 일 년 농사를 추수하는 시절이다.

자연 질서인 계절의 가을은 양력으로 8월 8일경의 입추에서 9월 8일경의 백로 10월 9일경의 한로 10월 24일경의 상강을 지나 11월 8일경 입동의 입절 시간까지이다.

순서로는 입추→처서→백로→추분→한로→상강→입동이다.

7월은 입추절이며 8월은 백로절이며 9월은 한로절이다.

입추절의 입추가 가을로 들어가는 문이지만 더운 것은 당연하다.
땅은 서서히 추워지고 서서히 더워 지는 원리를 가지고 있기 때문이다.
입추에서 처음 맞이하는 경일이 심복더위의 마지막인 말복이 되고 더위가

지치기 시작하여 더위의 활동이 줄어드는 처서가 그 다음이다.
절기의 구성을 보더라도 입추는 더위가 있는 것이다.

처서부터 만물이 자라는 것을 멈추고 내실을 기하여 과일의 속이 차고 맛이 들고 씨앗이 굳기 시작한다. 늦과일인 포도다래 등은 백로가 되어야제 맛이 들어 맛있는 때가 된다. 인위적인 온실 등의 환경이 아닌 자연적인 것을 말한다.

처서 이후부터는 수분도 여름의 풍부한 시절을 지나 내실의 기할 수 있는 정도로 적정하게 존재하고 햇빛이나 열도 현격히 줄어 미처 채우지 못한 알을 차게 하고 맛이 더욱 숙성되어 성숙되고 씨를 바르게 하는 쪽만 가진다.
밥을 할 때 마지막에 불의 열을 중단하고 솥에 남아 있는 열로 뜸을 드려야 밥맛이 더욱 있는 것과 같은 이치이다. 이것이 어머니와 아내의 정성이며 때를 놓치면 밥이 타는 것은 당연하다.

처서백로 때부터는 수분이 많으면 과일이나 씨가 섞기 때문에 자연현상이 자연스럽게 섭리로 조절한다.
이상 기온으로 이때 비가 많이 오면 농사에 큰일이 생긴다.
처서백로의 비는 좋지 못하며 특히 백로의 비는 치명적이다.

백로절의 백로는 이슬이 내리기 시작하는 것은 생명에 영양분을 공급하는 것이며 이슬정도이면 과하지 않고 족하다는 의미이다.
봄 제비가 돌아가고 기러기가 날아오고 겨울잠을 자야 하는 벌레들이 흙으로 창을 막아 겨울 집을 만들며 개울물도 마르기 시작한다.

백로 때가 벌초하는 시기로 처서 때 성급하게 벌초하다가 "처삼촌 벌초하듯 했다."는 말도 듣는 수가 있다. 처서 때는 아직은 외적으로 조금 자랄 수 있는 기운을 가지기 때문이다.

사람도 자신의 절기로 처서 백로 때 태어난 사람은 지도자가 될 가능성이 높은 것은 당연하다.
그냥 보아도 만물이 맥을 추지 못하는 사람이다.
잘 따를 수밖에 없다.

중기인 추분은 밤낮의 길이가 같은 중화점이며 이날 이후부터는 낮의 길이가 짧아지니 빨리 추수하는 계획을 세워 능률적으로 시작하는 것이다.
올벼는 빨리 타작을 하고 늦벼는 늦게 수확하도록 잘 조정을 하여야 덜 지치는 것이다.

한로절의 한로는 찬이슬이 내리는 시기이며 가을걷이 서둘려야 하고 봄 농사의 파종도 해야 하는 바쁜 시기이다.
몸이 혹사를 당하니 절식으로 보양식을 먹어야 하는 때가 된다.
자연 질서는 참 묘한 것이다.
가을걷이를 한 논의 습한 부분을 파면 누런 추어가 있다. 그 추어로 추어탕을 만들어 보신을 하는 것이다.
가을국화가 만개하고 초목이 누렇게 단풍이 들기 시작한다.

상강은 서리가 내리기 시작하는 시기로 가을걷이를 빨리 마무리를 하여야 하며 만추홍엽의 때가 된다.
입동이 되면 물과 땅이 얼기 시작하며 만물이 폐색하는 시기로 잘못하면 가을농사를 놓쳐 일 년 농사가 허사가 되기 때문이다.

이 사계절의 변화 질서를 각자 개인에게 가지고 와서 적용하면 자신만의 계절을 또 생기며 가지는 것이다.
가을도 자신의 가을을 가지는 것은 마땅함의 질서이다.
그것은 각자는 시시각각의 시의성으로 태어난 것이라 이를 부인하면 자신의 태어남이 없다.

그러니 자신의 변화 질서인 계절의 변화 질서를 알면 앞이 보이는 것이며 가을농사와 같이 미리 준비도 할 수 있는 것이다.
자신의 24절기를 알면 그것은 광명을 찾은 것이다.

그것이 자신이 살아가는 달력이며 책력이며 절기력이 되는 것이다.
여기에는 자신의 바이오리듬의 좋고 나쁨의 주기도 다 들어 있다.

통상 음력 8월에 태어났다고 하면 가을에 태어난 것이다.
이는 자연현상의 변화 질서이니 자신의 통상적인 삶으로 옷을 입고 음식을 먹는 것과 같은 생활의 필수품이다.

이도 지키는 것이지만 자신을 직접 보는 것은 당연히 다른 것이다.
자신의 생년에서 시작하는 것이다.
생년이 1월이 되는 것은 마땅함의 질서이다.
양띠로 음력 7월에 태어난 사람이라면 미년 생이며 미월이 1월이 된다.
1월 2월 3월 4월 5월 6월로 나아가면 7월이 12월인 축월이 된다.
양이 겨울로 가장 추울 때로 온 땅이 다 얼어 있는 12월이니 먹을 것이 없어 고달픈 것이다.
그러니 남을 말을 잘 듣지 않고 양의 속성으로 나아가면 끝까지 나아가 실패도 하는 것이다.
양은 뿔로 나무를 박고 또 받아 아파 보아야 아픔을 아는 성정이다.

이런 사람은 양지바른 언덕에 집을 지어 살아가거나 햇빛이 잘 드는 아파트의 위 층 혹은 남쪽 지방에서 살아가는 것이 좋은 것은 당연한 것이다.

쥐띠로 태어난 사람이 밝은 한낮이 되면 정말 초라하고 먹을 것이 없는 것이다.
위험한 행동을 하여 사고를 칠 확률도 높은 것이다.

쥐는 밤에 활동하는 동물을 상징하며 한밤에 일을 하니 경쟁자도 없어 아주 좋은 귀한 사람이 된다.
하지만 꼭 그런 것만 아니며 태어난 때와 관련하여 자신을 잘 알고 나아가야 즐겁고 아름다운 것이다.

쥐 년에 시작하여 나아가면 6월 7월 8월에 태어난 사람이다.
이런 사람은 아파트나 고층 건물에 거주하면 좋지 못한 사람이라 땅을 밟고 살아가는 1층이 당연히 좋다.
건물에 지하를 넣으면 더욱 좋은 것이다.
건물의 위층은 햇빛이 잘 드는 것은 섭리이다.
그러니 밝다는 의미가 같이하니 좋지 못하다는 것이다.

아파트의 고층에 살면 가능한 한 빨리 이사를 하고 그러지 않으면 커튼으로 창문을 가려서 살아야 한다.
커튼으로 창문을 가리는 것은 한계가 있으니 이사를 하는 쪽으로 권한다.

이런 방법들이 간단히 하는 좋음으로 향하는 혁신의 개운이며 스스로 알고 나아가면 당연히 좋은 것이다.

자신의 생년으로 시작한 월이 가을에 해당하는 때가 되면 그때는 벌이거나 시작하는 것보다 당연히 내실을 기하고 수성을 하여 결실을 좋게 하도록 하는 것이 좋은 것은 마땅함의 질서이다.

물론 이렇게만 모든 것을 볼 수 있으면 간단한 것이지만 특징에 따라서 다르게 보며 구성으로 가장 강한 특성으로 그 사람을 평가하고 분석하여 풀이를 하는 것이며 각자의 인생 삶도 그렇게 살아가는 한계를 가지고 있다.

그래서 강한 특징이라는 것은 자신에게 과함으로 지나친 성질을 말한다. 이 성질은 그냥 두면 자신 마음대로라는 착각으로 소통이 되지 않고 나쁜 쪽으로 성질을 부리는 사람이 되어 험난하고 추해지는 특징을 가지며 이를 잘 활용하는 사람은 좋은 성질이 되어 좋은 것을 하니 즐겁고 아름답게 살아가는 것은 마땅함인 시의성의 질서이다.

20. 자연현상의 계절 겨울과 사람의 겨울

겨울은 동(冬)이며 이며 감출 장(藏)이다.
가을에 거둔 것을 창고에서 보관을 잘 하고 이 저축한 것을 사용하며 일 부는 남겨 새로운 시작을 준비하는 시기이다.

계절을 춘하추동(春夏秋冬)이라고 하지만 생장수장(生長收藏)이라고도 한다.
장은 감춘다는 의미와 땅속으로 폐색하여 자신을 지킨다는 것이다.
그러니 숨어서 아무 일도 하지 않는 것이 아니며 자신을 숙성시켜 성숙되게 하고 자신의 맛을 더하여 새로운 다음을 준비하는 것이다.
내실과 수성의 때이다.
그래서 모진 추위도 잘 견디는 것이다.
이 시련을 극복하지 못하면 새로운 시작의 기회가 주어지지 않은 것은 마땅함의 질서가 된다.

움직임보다는 자신을 지키는 조금은 소극적인 수동적 계절이 된다.
여기에는 가장 모진추위가 되는 축월이 있으며 세상이 꽁꽁 언 땅으로 표현되는 빙토(氷土)의 때도 있다.
겨울은 음력으로 10월 11월 12월이다.

절기로는 양력으로 11월 8일경의 입동에서 12월 7일인 대설 다음해의 1월 6일경의 소한 1월21일경인 대한 그리고 2월 4일경인 입춘의 입절시간까지 이다.

순서로는 입동→소설→대설→동지→소한→대한→입춘사이이다.
이때에는 건강을 돌보며 내실을 기하고 수성을 할 때로 다음을 준비하는 때가 된다.

혹독한 추위의 시련이 있으니 겨울옷을 잘 입지 않고 나대다가는 큰코다치는 시기이다.
10월은 입동절이고 11월은 대설절이며 12월은 소한절이다.

24절기의 자연현상은 양자강 중류의 실제 측정으로 이루어진 것이 자연법칙이 되었다. 라고 한다.
몇 년을 연속해서 관측하여 데이터를 만들었는지 실제 관측치인지도 확실하지 않는 것이 진실이다.
하지만 오차 범위 내에 있어 거의 일치하는 것은 명확하니 대단한 것은 사실이다.

입동절은 겨울이 시작되는 때로 물과 땅이 얼기 시작하고 첫눈이 내리는 시기가 된다.
겨울 채비를 시작하여 무와 배추를 수확하여 김장을 시작한다.
가을농사를 완료했으니 농사에 대한 감사의 뜻으로 조상님에게 제사를 올리고 자연에 감사의 고사를 지내며 내년 농사가 더욱 잘 되도록 염원을 한다.

천기는 상승을 하고 지기는 하강을 하여 폐색되는 장의 시기이다.
중기로 소설이 있으며 얼음이 얼고 첫눈이 오는 때가 되기도 한다.
이때는 봄 농사를 시작하는 때로 밀 보리 파 양파 시금치 등을 재배할 준비를 하며 내년 봄 농사가 잘 되도록 최상의 조건을 만들어 주는 시기이며 그래야 봄 농사의 결실이 좋다.

대설절은 말 그대로 큰 눈이 많이 오는 시기이며 한기가 더하는 때가 된다.

범이 교미를 시작하고 곳간이 가득하니 농부들이 여유를 가지는 농한기이다.

동지는 중기로 밤의 길이가 가장 긴 때이지만 이날이 지나면 낮이 서서히 길어지기 시작한다.

이를 두고 양(陽)이 발 돋움을 다시 시작한다고 한다.

먼 옛날에는 동지가 설날이었던 시절도 있었다.

그래서 동지팥죽을 새알을 먹으면 한 살을 더 먹는다고 한다.

소한절은 온 땅이 꽝꽝 얼어 있는 때이며 세상이 찬기로 가득하다.

가장 추운 중기로 대한이 있다.

"가장 추운 대한이 소한에 놀려 와서 얼어 죽었다."는 속담도 있다.

이는 추위를 처음 느낄 때가 더욱 강하다는 섭리를 설명한 것이다. 물론 소한이 더욱 춥다는 기상청의 데이터도 있다.

역에서도 동지 때부터 이미 더운 양기가 땅속에서 시작되고 있기 때문이다.

이를 잘 알고 기러기가 북으로 날아가고 가치가 깃을 치기 시작한다.

사람들은 소한 대한으로 이어지는 이 시기는 집안에 먹을 양식을 충분히 준비하여 놓은 때가 되기도 한다. 집안에서 고립을 되는 경우도 발생되기 때문이다.

사람도 자연의 변화질서 속에 살아가는 구성원으로 일원이기 때문에 이를 거부하면 자신이 험난하고 추해지는 것은 당연하다.

그것은 우주생성과 변화질서인 자연현상에 속해있는 것이 사람이기 때문이다.

그 뿐만 아니라 이를 사람인 자신에게 가지고 와서 그 절기가 어디 해당하며 그 절기로 어떻게 순환하는지를 알고 그 위치공간에 맞게 잘 살아가면 즐겁고 아름다운 것이다.

지금까지 살아온 길이 험난함의 고충이 있었거나 원하는 바를 이루지 못했다면 자신을 뒤돌아보고 자기반성 자기성찰을 통해서 자신을 바로 알고 잘못이 있으면 반성하며 고치고 나아가면 즐겁고 아름다운 생활이 되며 행복한 것이다.

신이 아닌 사람이기에 누구나 실수가 있는 것은 당연한 것이며 잘못을 고치고 돌아오면 그것이 허물이 없는 무구함이라 했다.
잘못으로 모르고 계속 나아가 큰 강을 건너 돌아 올수 없다면 사람이 아니고 금수라 했다.

21. 칠(7)이라는 의미

숫자의 칠은 역에서 아주 큰 의미기 내재되어 있다.
그것은 실생활에서도 중요한 의미를 가진다는 것이다.
서양에서 말하는 행운의 lucky seven 과는 의미가 다르다.
서양과 거의 같은 뜻이라면 동양의 팔(8)이라는 수가 된다.
그것은 팔팔하니 행운이 같이하는 수인 것이며 칠은 고쳐야 좋은 수가 된다.

역에서 지지가 12개이며 천간이 10개라 십간십이지라 한다.
지지의 일곱 번째의 자리는 영원히 같이 할 수 없는 마주 보는 사이가 된다.
영암 수지법에서 말하는 자신 손바닥의 위치로 보면 바로 알 수 있다.
이를 충(沖)이라 한다.

인간생활로 충(沖)의 뜻은 찌를 충, 빌 충, 화할 충의 의미를 가지고 있다.
찌르고 빈 공간으로 만들어야 변화되어 화할 수 있다는 뜻이 내재되어 있다.
그냥은 영원히 자신과 좌우 관계의 친분관계가 될 수 없다는 의미의 자리 공간으로 내가 찌르고 상대도 바보가 아니니 같이 찌르는 것이라 싸움이 되며 이런 성질이 충이다.

우주의 변화 질서로 충(衝)을 지구별 중심으로 하여 외행성이 태양의 정반대 위치에 있을 때 또는 그 상태를 말하며 외행성과 적경 차이는 180도가 되며 인간생활의 충과 같은 위치 공간을 의미이며 다만 한자만 틀릴 뿐이다.
물론 한자가 틀리니 억지로 보면 틀린 것은 맞다.

그렇지만 추구하는 바가 자연스러운 것으로 우주의 변화 질서나 인간관계의 변화 질서는 차이가 없는 것으로 같은 섭리이다.

사람들은 궁합을 보고 결혼하고 큰일을 같이한다.
그런데 자신의 대표하는 운기와 상대의 대표하는 운기가 서로 이런 충이 형성된다면 당연히 좋은 관계가 되기 위해서는 보통의 노력으로 되지 않고 역동적인 노력이 필요한 것은 마땅함의 질서가 된다.
그러니 험난함의 고충이 있는 것이다.
그것은 각자가 마땅함의 시의성으로 태어났기 때문에 단 한 번의 어긋남도 없으며 이를 해결하기 위해서는 조화롭게 만드는 길밖에 없다.

이를 천간에서 아주 잘 표출하고 하고 있다.
천간이 일곱 번째 공간 위치일 때를 천간 충이라 하며 무시무시한 칠살(七煞)이라고도 한다.

헤어짐을 충동질하는 것으로 이별이나 반목의 정신적 의미를 가진다.
여섯 번째의 합을 공간 위치를 지난 때로 과하여 자만하고 교만 독선 아집 편견 고정관념으로 인한 대립과 갈등의 의미를 내재적으로 가지고 있는 수의 자리이다.

물론 걱정할 필요는 없으며 알면 바로하고 나아가면 되는 것이 이치이다.
그래서 천간의 일곱 번째 자리가 경(庚)이다.

이 경은 천간이니 당연히 별 경이지만 나이도 되고 길 도로도 되며 다시금 더욱더 바뀌다 변화하다는 의미를 가지고 있다.
한글은 참 묘하니 고칠 경(更)과 같은 한글로 천간의 경에는 고칠 경이 내재되어 있는 것이다.

고치고 나아가는 것이 천간의 경이며 그기에 일곱 번째 자리일 때는 자신을 고치고 바로 하는 것이 마땅함의 질서가 된다.

옛날에 우리 조상님들은 경일이 되면 집 안 밖의 수리 나 확장공사 개선 변경을 이때에 행하였으며 마음을 고치는 것도 이때에 하였다.
이때에 행하는 것이 좋음이 더하여 길하다고 여긴 것이다.
물론 경월에는 큰일을 고치며 나아가는 것이다.
더 큰 것인 거대한 공사는 경년에 한 것이다.
이때에는 하늘도 땅도 사람도 귀신까지도 나의 하는 일을 돕는다고 생각을 했다.

자신이 태어나 한 칠(일주일) 전에는 외부의 사람들이 집으로 왕래도 하지 않으며 팔일이 되면 그때부터 외부 사람들이나 친척들이 와서 축하를 해주고 그 아이가 그때부터 사회와 소통하며 모습을 보이며 생활을 시작하는 것이다.
이를 팔괘의 순환질서라 하며 이 순환 주기는 계속되는 것이 섭리이다.

팔괘 중 4개를 가지고 와서 우리나라 태극기를 만들었다.
농담과 같은 것이지만 팔괘 모두로 태극기를 만들었다면 두 쪽으로 나누어지지 않을 수도 있는 것이다.
우리나라 사람들은 하늘을 좋아하다보니 천문사괘를 가지고 와서 태극기를 만들고 지리사괘는 그냥 두었으니 현실을 무시한 것이다.

갓 태어난 아기는 집안에서 꾸밈이 없어도 예쁜 아기이지만 한 칠이 되면 더욱 예쁘게 하여 손님들을 맞이하는 것이다.
이것이 처음 고친 것으로 아름다운 것이다.

일곱 번째 자리 공간을 상징하는 칠은 고치는 자리가 되며 자신에 맞게 바르게 고치면 당연히 즐겁고 아름다운 것이다.

자신이 태어나 7일 기준으로 순환하면서 고쳐 나가면 바른 행동이 되는 것이다.

그러면 힘든 세상이 아니고 즐겁고 아름다운 세상인 것이다.

하늘땅과 지구땅의 합한 수가 15이다.

이는 하도의 하늘땅과 사람이 밟고 살아가는 지상의 지구땅을 의미하는 수의 합이 15이다.

십오 만으로 볼 때 8이 중심인 것 같지만 진실은 먼저인 7이 되는 것이다.

그래서 7에서 고치지 못한 사람을 칠칠하지 못한 사람이 되어 험난하며 추한 것이다.

천간이나 지지의 공간 위치로 일곱 번째인 칠이 자연적으로 있지만 자신의 기준에 의한 칠도 반드시 있는 것이 변화 질서의 섭리이다.

이를 잘 알고 자신을 점검하여 고치고 바르게 나아가는 것이 이치에 맞는 것이다.

이것이 자신의 선한 길 아름다운 길로 잘 가는 것이며 궤도가 이탈되어도 곧바로 수정하여 고치는 것이니 염려할 바가 없으며 허물이 없는 것으로 무구하다.

현대에 살아가면서 적어도 일주일에 한 번은 자신을 돼 돌아보라는 것으로 대신할 수 있지 않을까 한다.

자신을 돌아보고 반성할 것이 있으면 반성하여 바르게 고치고 다시 나아가면 그것으로 족한 것이며 즐겁고 아름다운 것이 아닌가 한다.

그러면 초심을 유지하는 것이며 당연히 성공의 길이 아닌가 한다.

22. 고요함이란 선과 착함이라는 선에 대해 생각해 본다.

선은 정말 위대한 말이기에 선이란 한글을 통해서 세상을 들여다본다.

고요할 선(禪)은 자신의 고요함을 찾아서 참선하기 위해 선사를 스승으로 모시고 선도를 닦기도 하고 스스로 선법을 구하기도 하여 선인이 되고자 한다.

사람들이 결혼하기 전에 선을 본다고 한다.
선을 잘 보고 서로 잘 맞는 사람을 찾아야 즐겁고 행복하고 아름답게 잘 살아가는 것이 이치라 꼭 보고 한다.
먼저 앞을 보는 것이니 한자로 보면 먼저 선(先)이다.

이어 나간다는 의미를 가진 줄 선(線)이 있다.
두 개나 더 많은 것을 하나로 묶는 것이다.
줄은 잇기 위해서 존재하는 물상이지만 줄을 풀면 묶인 것이 해제되기도 한다.
조금 넓게 생각하면 인연이 끝나는 것이나 인연의 시작을 의미한다.

선이란 것이 참 묘한 말이라 세상에 베풀어야 하는 베풀 선(宣)도 있고 가릴 선(選)도 있다.
가릴 선은 선택을 잘하여야 하는 선거를 보면 된다.
돌고 도는 인생이라 돌 선(旋)도 있으며 배를 타고 인생길을 항해하는 배 선(船)도 있다.

배를 타서 때를 잘못 만나면 풍파로 당연히 고생을 하는 것이 이치이다.
그래서 소용돌이칠 선(漩)도 있다.

소용돌이가 치면 밥그릇이 흔들리니 밥도 잘 먹지 못한다.

오늘의 결론을 이야기하고자 한다.
착함이라는 뜻인 착할 선(善)이다.
당연히 착함의 뜻은 착하게 사는 것이다.
세상에 착한 것이지만 자신에게 무리가 가면 그것은 억지이고 가식이며 자연스럽지 못한 것으로 자신에게 착함인 선(善)이 아니다.
더욱 무리하게 나아가면 가랑이가 찢어진다.

착함은 자신에게 착함의 선이며 그렇게 하지 않는 것은 불선(不善)이다.
자신에게 착함으로 나아가는 것은 절대 이기적인 것이 아니니 세상을 걱정할 필요가 없다.
자신에게 착한 것을 하면 세상은 조화로워 자동으로 세상이 선하게 되며 아름다운 세상이 된다.
그래서 선(善)의 의미는 자신에게 착한 것이며 그것은 시의성의 질서이다.

자신의 순수한 참모습을 잘 이어서 가꾸는 것이 자신에게 착함인 선이며 그런 과정이 아름다운 것이니 그렇게 하고 살아가는 사람은 다 아름다운 것이며 세상도 아름다운 것은 당연하다.

도인이나 종교인인 고요함을 찾기 위한 선(禪)을 하거나 세상 사람들이 좋은 상대를 찾아 선(先)을 보는 것이나 세상의 좋고 길한 것으로 자신을 묶고자 하는 줄 선(線)이나 세상에 좋은 인연을 만들기 위해 베풀고자 하는 선(宣)이나 자신의 좋음을 위해 선택하는 가릴 선(選)이나 인생길의 배 선(船)으로 돌고 도는 돌 선(旋)이나 모두 자신을 수양이나 자기성찰로 잘 씻어 깨끗한 선(洗)으로 나아가면 자신의 눈이 아름답게 되는 아름다울 선(瞻)이다.

그래서 아름다운 세상인 것이며 잘 씻는 것은 자신에게 착함으로 행하는 것이다.

행(行)은 당연히 오행의 행이 되면 자신의 오행이다.
자신의 오행이 아닌 과욕의 욕망은 자신의 선(善)이 아니며 불선이다.
남의 것 남의 길을 탐내면 혼탁하여 소용돌이가 일어 밥도 먹을 수 없는 사람이 된다. 그래서 소용돌이칠 선(盤)도 있는 것은 마땅함의 질서가 된다.

고요할 선(禪)의 다른 의미로 물려줄 선(禪)도 된다.
자의의 형상으로 입이 두 개이니 형이하의 물상적인 먹을 것을 물려준다는 의미보다 볼일 시(示)는 제사를 의미하니 장자에게 제사를 물려주는 양위의 의미도 있지만 여기서는 형이상의 정신을 물려줌을 말한다.

영원함의 상징으로 가장 큰 힘으로 오직 하나 착함인 선(善)의 무기를 물려준다는 것이다.
그 무기로 자신에게 불선(不善)인 악은 벌하여 확산을 방지하고 선은 상을 주어 장려하는 것이다.
선을 본보기로 하여 물려주는 것이 물려줄 선이다.
가장 나쁜 것이 자신에게 선(善) 하지 못하는 것이며 흉(凶)이 되고 악(惡)이 되어 파멸하는 것이 변화 질서이기 때문이다.

이 모든 것이 자신의 기준으로 자신에게 착함인 선(善)을 함으로 이루어지는 것이다.
이것이 선도(善道)이고 선법(善法)이며 바른 생활이다.
그러면 신선과 같이 무구(无咎) 한 것이며 즐겁고 아름답게 살아가는 것이다.

그래서 신선 선(仙)도 있다.
모든 선은 자신에게 착함인 선(善)으로 기착되며 이를 바르게 행함으로 신과 동격인 신선 같은 사람이 된다는 의미이다.

자신에게만 착함인 선을 행하는 데 주저함이 없어야한다.
그러면 자신에게 좋은 것은 당연하며 세상에도 자동으로 좋은 것이 된다.
이미 자신은 조화로움의 마땅함으로 태어났기 때문이다.
그런데 자신에게 선함을 행하는 것을 의심하거나 이기적이라 생각을 하고 눈치를 보기도 하는 것은 변화질서의 이치를 모르는 추함이다.

자신의 순수하고 참진 모습을 가지고 태어났으며 그것을 이어 잘 가꾸는 것이 자신에 착함인 착할 선이며 이런 과정이나 생활은 적극적이고 정열적이라 마땅히 즐겁고 아름다운 것이다.
결과는 걱정할 필요 없이 당연히 아름다우니 원하는 바를 성취하여 성공하는 것이다.

23. 진선미는 자신의 바른 모습으로 행동하는 것이다

진(眞)이라는 것은 참 진실 진리 본질 본성을 말하기도 하지만 가공되지 않는 지극히 순수한 자연적인 본모습이다.

모든 것이 변화하는 속에서도 변하지 않는 불변(不變)의 진리이며 변하지 않는 마땅함이다.

모든 것이 변하는 변역(變易)의 시대에 살아가지만 그 속에 변하지 않는 불변(不變)의 법칙도 반드시 있다.

그것이 진실이며 마땅함으로 태어난 시의성인 탄생의 해와 달 날 때가 첫 번째 맞이하는 불변의 법칙이다.

이것이 변하면 자신의 태어남이 없는 것이다.

그 변하지 않는 것이 순수함의 참진 모습이며 본성이다.

이를 두고 근본은 변하지 않는다고 한다.

선(善)은 착하다 좋다 훌륭하다 잘하다 뛰어나다 다스리다 찬미하다 풍성하다 통달하다 성공하다 등등의 많은 의미를 가지지만 하나로 기착이 된다.

모두가 자신이 행하는 것이다.

자신이 바르게 행하는 것이 착함이다.

그것이 자신의 선이다.

자신에게 바른 윤리이며 자신의 바른 의지가 선이다.

기준은 세상이 아니고 자신이라는 것은 살아가는 생활에서 아주 중요하다.

선은 자신에게 착함이며 착한 행동이다.

물론 형이상의 정신적인까지도 포함하지만 현실에서 살아가니 보이는 행동이 주가 된다.

자신이 바르게 행동할 때가 선이며 바르게 하지 않을 때가 불선이 된다.

선과 불선의 기준은 자신의 참진 모습이다.

참진 모습을 이어서 잘 가꾸는 것이 자신에게 착함인 선이 되는 것이다.

그렇지 않은 것이 불선이다.

자신에게 선한 행동을 하는 모습이 아름다운 것이며 불선하는 행동을 하는 것은 추한 것이다.

그래서 선한 행동을 하는 것이 아름다움의 미이다.

그냥 가꾼다고 아름다움은 아니며 자신에 맞게 가꾸어야 아름다운 것이다.

미(美)는 참진 모습으로 자신에게 착함인 선한 행동을 할 때 아름다움인 미가 자동으로 아울러 형성되는 것이며 여기서 미는 별도가 아닌 것이다.

화장을 하고 치장을 한다고 그것이 진정 아름다움의 미가 바로 되는 것은 아니다.

물론 현실의 행동 모습이니 화장과 치장이 자신의 참진 모습을 잘 이어 가꾸는 선한 것일 때는 당연히 아름답지만 맞지 않을 때는 더욱 추하게 된다.

세상의 기준이 아니고 자신의 기준이라고 하니 참 이기적이라 좋지 못할 것 같지만 가장 세상과 소통이 잘 되며 가장 조화로운 방법이다.

사람은 시시각각으로 변화 질서의 마땅함으로 태어났기에 사람의 참진 모습은 사람의 수와 같은 것이며 이를 잘 준수하면 조화로운 세상이 자동으로 되는 것이다.

물론 제왕절개의 분만을 통해서 인위적으로 탄생일을 조정하기도 하지만 이 정도는 변화 질서의 오차 범위 안이라 크게 염려할 필요는 없으며 있는 자원을 활용하는 것이기 때문이다.
크게 벗어나지 않는다. 는 의미이다.

작금의 시대가 불공정 부조화로 지독한 경쟁 사회가 된 것은 자신의 참진 모습을 이어 잘 가꾸는 것이 아니고 세상의 기준에 의하여 세상의 욕심이 발동한 것으로 생긴 것이다.
자신의 것이 아닌 남의 것을 탐한 결과이다.
남을 것을 쫓다 보니 가랑이가 찢어지기도 하며 허사가 되어 실패도 하는 것이다.
그것이 추함이며 나설 때도 몰라도 추함이 된다.

자신에게 착함인 선한 행동을 하여 사회에서 모범이 되는 것을 장려하기 위해 상을 주고 불선한 행동으로 사회의 죄가 될 때는 벌을 주어 격리를 하는 것이다.

우리나라에서는 선이 존재하며 선하지 않는 것이 불선으로 표출되는 것이고 이것이 아름다움과 추함이며 추함의 결과가 악이 되지만 서양에서는 선과 악이 본래 존재하는 것으로 보고 있다.
해는 신이 지배를 하고 달은 악이 지배를 한다고 생각을 한 것이 서양이다.
이는 음양 조화 질서를 부인하는 것이다.
하지만 선할 때는 좋고 즐겁고 아름다운 것이며 불선할 때는 나쁘고 힘들고 추한 것이 되어 악이 만들어지는 것은 명확하다.

한자를 들여다보자.

진(眞)은 부수로 눈 목(目)이다.

눈이라는 것은 사방을 다 볼 수 있는 것이다.

그래서 사람은 신이 아니기에 자신의 방향이 반드시 있다.

그 방향을 사방에서 잘 보고 찾아 자신의 방향 통로를 알려주는 것이 진이다.

선으로 소통하게 하는 것이다.

진의 또 하나 해석은 솥 정(鼎)와 비수 비(匕)가 결합한 합자로 정은 제사를 자낼 때 사용하는 큰 솥이며 비는 여기서는 수저를 표현한 것이라고 한다.

제사는 당연히 참되면서 정성이 담겨 있어야 하는 것이다.

우리나라는 제사를 제외하고는 문화를 말할 수 없으며 모든 가정의 기본이 제사부터 시작하는 것이다.

그것이 효도사상이며 내리사랑으로 화목이 되는 전통인 것이다.

부모의 모습을 본받아서 자식이 때가 되면 바른 부모가 되는 것이다.

그것으로 참되면서 정성이 담겨 있는 것이 참진 이다.

선(善)은 갑골문에는 양의 눈이 그려진 모습이었다고 한다.

양의 눈망울이며 양은 상서로움을 상징한다.

양은 신에게 제사를 지낼 때 신성한 제물로 올리는 동물이며 자신의 먹이인 초지를 찾아 멀리까지 다니며 많이 움직이는 동물로 움직이지 않으면 먹을 것을 얻지 못한다.

길 잃은 양이라는 말도 있으니 무리를 놓치거나 먹을 때를 잃으면 죽음이다.

그래서 진(眞)과 같이 여기서도 눈 목(目)이 나오며 눈으로 세상과 세상의 때를 잘 보아야 하는 것이며 그래야 무리와 같이 즐겁고 아름답게 어울려 잘 살아가는 것이다.

양은 착하고 순한 동물을 상징하기도 하는 순종의 동물로 되어 있으니 이 것만으로도 착할 선이 충분히 될 수 있다.
자신에 순종하여 이어서 잘 가꾸는 것이 선이기 때문이다.

미(美)는 큰 대(大)에 양 양(羊)의 합자이다.
갑골문에 양을 머리로 장식을 한 사람으로 그려져 있다고 한다.
양은 선에서도 나오며 미에도 있다.
양은 상서로움을 상징하여 큰 대의 사람을 상징하는 그 머리에 양이 위치 공간을 점유하도록 했다.
그것이 아름다울 미이다.

여기서도 제사 이야기가 나온다.
고대에 제사를 지내거나 의식을 할 때 제사장의 머리에는 양의 뿔이나 깃 털의 장식을 한 관을 쓰고 있었으며 이것이 아름답다는 뜻을 가지게 되었 다고 한다.

자신에게 착한 선한 행동이 아름다움의 미인 것으로 한자의 설명으로도 연관되고 있음을 충분히 알 수 있다.
여기에 양의 등장은 우리의 제사문화와도 관련이 되며 자신의 조상님을 잘 모시는 제사를 제때 행함으로 그것이 자신의 참진 모습을 행하는 선이 되며 그것이 아름다움의 미가 되는 것이다.

양은 십이지의 미가 되며 미월이 되어 가장 무더운 장하의 여름을 상징하 며 할머니가 되기도 한다.

이 여름을 잘나야 일 년이 무구한 것이다.

할머니는 어머니의 조정자이며 조언자이다.
나에게 가장 영향이 많은 어머니를 조정하니 나를 바르게 하는 분이기도
하다.
어머니도 사람이라 혹시 있을지 모르는 실수를 방지하기 위함이다.
이 또한 자신의 근본이며 순수한 참진 모습을 잘 가꾸기 위한 배려이다.

24. 이름은 자신에 맞고 좋아야 한다.

이름은 잘 지어야 하는 것은 마땅함의 질서이다.
특히 아기의 이름은 처음부터 아기에게 맞고 예쁜 이름으로 작명하여야 하고 자신의 이름이 나쁜 것을 안 순간 아무리 나이가 많아도 전문 작명가를 찾아서 바로 개명을 하는 것이 바른 질서이며 마땅함의 이치이다.

자신이 나쁜 이름을 그대로 가지고 있으면 자신에게 거슬림을 가지고 무겁게 살아가는 것이니 노력이 비해서 이루는 것이 부족하고 스트레스와 고통 속에서 살아가는 것과 같아서 나쁜 이름을 개명하는 것은 자신을 좋음으로 혁신하는 첫걸음이다.
그래야 즐겁게 살아간다.

이름이 아기에게 맞는다는 것은 바로 자신이기도 한 태어난 시의성인 사주를 보완하여 좋음이 같이하도록 이치에 맞게 하는 것이며 예쁜 이름이라는 것은 시대에 뒤처지지 않으며 부르기 좋고 듣기 좋은 우리말의 발음으로 예쁜 이름을 말하는 것이다.

우리의 생활은 모두 다 음양오행의 질서와 원리로 이루어져 있으며 이름도 음양오행의 원리로 역사 속에서부터 만들어진 것이다.

태어난 생년월일시의 해와 달 날 때인 시의성은 변할 수 없는 것이기에 인위적으로 만드는 이름에서 이를 보완하여 좋음이 같이하도록 작명하는 것이다.
그래서 출산준비와 같이 미리 하지 않고 태어나서 시의성인 사주가 결정되고 작명을 하는 것이 문물제도로 말없이 잘 이어오고 있는 것이다.

이뿐만 아니라 옛날에는 성씨나 가문에서 항렬이라는 것을 정하여 음양오행의 상생구조로 후손에게 잘 이어오고 있었다.

특별하거나 특수한 성씨나 가문이 아니면 아버지의 항렬과 자식의 항렬은 자원오행으로 아버지가 자식을 생하는 상생의 구조로 되어 있었다.

이는 가문의 큰 힘인 뒷심을 만들어주기 위함이다.

이름으로 아버지가 자식을 생하는 구조를 가지도록 원리를 만든 사람이 우리의 조상님이며 사주의 인성과 같은 것이지만 의미로 강력한 힘이 되니 다소 차이가 있다.

물론 아기의 사주를 보고 특별한 특성을 가지면 항렬을 무시하고 아기에게 더욱 맞는 이름으로 작명하는 예외도 두셨으니 우리의 조상님은 정말 대단한 분이었다.

이는 아버지가 포함된 가문이 자식을 돕는 기운보다 더 절실하고 더 필요한 기운이 현실에서 존재하는 아기가 있기 때문이다.

그래서 현실에서 더 영향이 많은 것을 우선해서 이름에 보완하는 것을 마땅함의 질서라고 조상님께서 깨달은 것이다.

서양의 물결이 들어오면서 차차 항렬의 의미가 사라지고 거의 사용하지 않으며 그것에 기여한 것이 사주를 모르는 성명학자도 한몫을 한 것이다.

무엇 때문에 항렬이 존재하는 이유를 확실하게 몰랐기 때문이다.

다만 가문의 대를 이어가는 표시 정도로만 생각했기 때문이다.

그래서 "근대 성명학의 이론"에서 항렬을 부정적으로 여기며 불필요한 제약조건으로 사용을 할 필요가 없다고 하였고 항렬의 깊은 의미가 사라진 것이다.

물론 항렬의 이름을 짓다 보니 옛날과 다르게 인구수도 많아진 현실 속에서 같은 이름이 양산될 가능성이 높기 때문에 이 부분에서는 좋게 기여한 공적도 있기는 하다.

어머니가 인성이다.
그래서 사주의 주중에 인성이 없으면 제일 우선해서 보완하고 그다음은 재성을 보완한다.
다음으로 현실에 필요한 기운이 재성이기 때문이다.
하지만 이 또한 무조건 보완하는 것이 아니며 필요할 경우에만 보완을 하는 것이다.
재성이 많은 사람에게는 재성을 이름에서 보완하면 오히려 나쁨이 더하기 때문이다.

그리고 사주에서 아버지의 기운도 재성이 되지만 이것과 별도로 아버지가 도와주는 기운을 직접 넣는 것이다.
아버지 뒤에는 할아버지 증조할아버지 등 가문이 있는 것이다.
증조할아버지는 할아버지를 생하고 할아버지는 아버지를 생하고 아버지는 나를 생하는 것이다.
그래서 이 기운은 나의 뒷심으로 내가 어려울 때 헤쳐 나갈 수 있는 강력한 힘이며 끈기가 되는 것이다.
그것이 항렬이다.

그러면 항렬이 거의 사라진 지금에서는 꼭 지켜야 하는 "현대 성명학의 이론"의 마땅함의 질서로 자리를 잡고 있어야 하는 것이 거의 사라질 위기에 처해있다.

예를 들어 아버지 이름의 함자가 성씨를 제외하고 두 자라면 그중 하나의 자원오행이 자식의 이름을 생하도록 자식이름을 작명하는 것이다.

당연히 항렬이 추구하는 목적과 같은 것이다.

어머니 아버지의 기운인 인성과 재성이 사주 주중에 없을 경우 반드시 이름에 들어가야 하지만 항렬의 의미는 아버지를 대표로 하며 조상님이 물려주신 가문의 뒷심까지를 넣은 것이다

이름은 조상님께서 정해 주신 항렬만 보더라도 심오한 이치가 내재되어 있는 데 사주학 속에 성명학인 것은 당연함의 질서이다.

사주학의 음양오행과 십성은 기본이며 각자의 사주를 잘 풀이하고 해석을 할 수 있어야 보완이 가능한 것이다.

그래서 사주학을 모르고 성명학을 아무리 잘 공부하여도 필요한 부분을 보완할 수 없어 그냥 허울뿐이 이름이 되기 쉽다.

아기의 예쁜 이름을 작명하거나 개명을 자신에게 맞고 좋은 이름으로 하기 위해서는 전문 작명가를 찾는 것도 중요하다.

반드시 사주학과 성명학을 같이 공부한 작명가에게 의뢰를 하여야 하는 데 철학관이나 작명소가 다 같은 곳을 아니니 충분히 검토하여 검정을 하시고 의뢰를 하시기 바라며 종교인 무속인은 가능한 삼가는 것이 좋다.

물론 종교인 무속 인이라도 사주학과 성명학을 정식으로 공부한 사람이라면 관계가 없지만 그런 분이 잘 없는 것 같다.

이름을 감명하고 있는 데 지인이나 종교인 무속인이 작명한 이름이 성명학의 기본인 품격이나 제약조건에도 어긋나며 자신과도 맞지 않아 완전 다른 방향으로 작명이 된 아주 나쁜 이름을 보고 있기 때문이다.

25. 달력이라는 것

살아가는 모습과 때가 모여 지낼 역(歷)인 역사가 되고 그것이 쌓여 책력인 달력인 역(曆)이 되고 그것을 해석하는 역(易)이 필요하여 역이 발생되었다고 역에서 본다.

때를 거슬러 올라가면 요순시대까지 올라간다.
BCE 2700~BCE 2300 시대이다.
그 훨씬 이전에도 달력은 물론 존재했다.
태호복희 시대도 있었다고 추정을 할 수 있다.
다만 현재의 기록으로 요임금은 일 년을 366일로 보았으며 순임금은 365.1/4일로 정확하게 보았다.
이 달력이 요지기 순지기이다.

지구가 해를 한번 도는 시간을 일 년으로 보고 달이 지구를 한번 도는 시간을 한 달로 본 것이다.
그것이 한 해가 되고 그것이 한 달이 된 것이다.
이는 순수 우리말이다.

그리고 요순시대를 아무리 중국 것으로 만들어도 우리의 것이다.
하지만 중국의 전쟁 영웅들과 그에 동조하는 우리나라 사람들에 의해 정말 빼앗긴 것이다.

일 년을 365일로 계산하다 보니 1/4일의 조정이 필요하고 달이 한 바퀴 도는 시간이 29.5일이다 보니 일 년이 354일이라 한 해와 비교할 때 11일 정도가 부족하여 조정이 필요했다.
당연히 태음력과 태양력을 같이 사용하고 있으니 서로 조화를 이루기 위해 조정이 필요하고 운행하는 변화 질서인 실제 움직임과 일치해야 하는 것은 마땅함의 질서이다.
그것이 윤달이고 윤년이다.

우리는 달력을 음력으로 태음력이라 하고 해력을 양력으로 태양력이라 하며 지금도 우리가 사용하고 있는 것으로 정확한 명칭이 태양 태음력이다.
여기에 영어가 들어가면 서양의 양력(洋曆)도 들어가 있다고 보면 된다.

바다로 나가 고기를 잡아야 하는 어부가 있으니 조수의 물때를 예측하는 태음력이 필요했고 한자리에서 고정하여 때에 맞게 농사일을 해야 하는 농부가 있었으니 해에 따른 절기가 필요하여 태음력과 태양력이 자연적으로 발생한 것이다.

하루아침에 이루어진 것이 아니며 역사가 되어 책력이 만들어진 것이다.
먼저 만들어진 달력이라는 이름으로 지금까지 계속 사용하고 있는 것이다.
다르다고 주장을 해 보아야 큰 이치가 그런 것이다.

이집트에서 나일강 밤하늘의 시리우스별을 보고 나일강의 수위와 연관되어 태양력을 만들었다고 하며 이것이 양력(洋曆)의 원조라 한다.
물은 달과 관련된 것이 더욱 정확한 것인데 밤하늘의 별을 보고 태양력을 만들었다는 것 또한 다소 억지가 있는 것이며 이치에 맞지 않다.
물론 만들 수는 있다.

아마 복잡한 태양 태음력을 가지고 가서 단순화 시킨 것이라 추정할 수밖에 없다.
4200년 전에 황도 12궁으로 추정되는 유물이 발견되어 세계 최초의 태양력 달력이라도 주장기도 한다.

달을 상징하는 글자도 왕에 따라 마음대로 변경하기도 하고 윤달도 만들고 한 것이다.

우리의 양력(陽曆)과 한글의 글자가 같다고 같이 보면 되지 않는다.

우리는 달력은 음양의 원리로 만들어진 달력이다.

음양은 상호 관계로 서로 보완적 관계이지만 서양은 이와는 완전히 다르다. 양을 상징하는 해는 신이고 음을 상징하는 달은 악의 존재로 본다.

음양으로 양을 체로 한 남자와 음을 체로 여자를 비교해도 완전히 틀린 것으로 알 수 있다.

우리의 달력은 아주 정교하게 잘 만들어진 것이다.

모두 십이지의 때로 지지를 만든 것이다.

자 축 인 묘 진 사 오 미 신 유 술 해 의 지지이며 현실이니 음이 된다.

더불어 하는 양인 천간이 있는 것은 마땅함의 질서이다.

천간은 갑 을 병 정 무 기 경 신 임 계 이다.

음양 원리로 자연스럽게 만들어진 것이다.

그래서 사람이 태어나면 자동으로 태어남의 마땅함인 시의성의 간지가 만들어지는 것이다.

단순한 태어난 시간이 아니라 마땅함이 부여하는 형이상 형이하의 성정을 가지는 것이다.

그것이 태어난 해와 달 날 때인 생년월일시로 다른 사람과 구별되는 유일한 것이며 천간과 지지인 간지로 구체적이며 정교하게 표출하는 것이다.

물론 서양에서 산업혁명이 빨리 이루어지고 분초까지 바로 볼 수 있는 시계가 만들어지면서 24시간이 되었다.

잘 보이는 시계가 발전에 기여하는 것은 명확하지만 너무 예민해진 것도 사실이며 각박한 현실로 변화된 것이다.

사람이 예민하여 좋은 것도 있지만 나쁜 것이 더 많다.

너무 예민하여 더욱 정확하게 하고자 하다가 큰 오류를 범하기도 했다.

하루의 시작 시간이 자시이니 날짜의 경계선이 해시와 자시 사이이며 지금의 시간으로 23시의 입절 시각인 것이다.

자시시간인 23시~01시를 두개로 나누다 보니 24시가 날짜의 경계선이 된 것이다.

그래시 예초 만들어진 동양의 하루 시작시간과 지금의 시작시간은 한 시간의 차이가 있는 것이다.

이는 역에서 본 것이다.

그래서 역에서는 시작 시간을 명확하게 자시인 23시로 하고 있다.

사람이 태어남도 여기에 기준 한다.

26. 자신의 잘못한 핑계가 사주타령일 때 가장 심각하다.

좋지 못한 결과가 있을 때 사주 타령하며 책임을 회피할 것이 아니라 미리 자신의 사주를 잘 활용하면 그것이 행복이고 즐거움이고 아름다운 생활이 되는 것은 마땅함의 질서이다.
그것은 질서를 잘 지키며 순응하는 것이기 때문이다.

이미 잘못되어 사주타령 할 정도이면 생활에서 심각한 나쁜 영향을 가지는 것이 된다.

사람의 생활도 우주 질서에서 온 것이라 사람들은 이를 하늘의 뜻이라 한다.
우주의 변화 질서인 자연 질서의 현상을 잘 살피고 앞으로 나아가면 당연히 좋은 것이다.
천체물리학과 관련된 강의를 들으면서 깜짝 놀라며 신기하다는 경험을 더러 한다.
태양보다 무거운 별들도 우주에는 존재하고 있으며 우주의 별은 다양한 특성과 성향을 가지고 있다.
이들이 공통된 것이 있다.
금으로 쇠이며 철로 불리는 원소기호로 Fe에 기착되는 것이다.

쉽게 이야기하면 모든 원소가 철이 되는 것이 소망인 것이라 그쪽 위치공간의 방향을 향하며 에너지를 발산하고 있다.

자연에서 존재하는 원소가 92개라 하며 1번 H, 2번 He ……. 26번 Fe …. 92번 U 까지라 한다. 물론 104번 Lr까지의 인공원소도 있다. 이들은 자연 상태로 두면 바로 소멸한다. 고 한다.

별들에 있는 자연원소를 에너지를 발생하며 모두 Fe로 향한다는 것이다. 그것은 Fe가 핵이기 때문이다.

우주에 가장 많은 수소와 헬륨 그리고 탄소 산소 네온 마그네슘 규소 황 등등이 별에 존재하고 있으며 그 핵은 철이다.
특히 무거운 별이 불안전하여 폭발을 하고 나면 남는 것은 역시 철심(Fe) 밖에 없다고 한다.

사주에서 사람도 금으로 향해 나아가고 그것이 결실이며 결과물인 단단한 쇠이며 가을이다.
사람의 사주는 인류가 동양에서 생기고 나서 만들어진 것이라 역사가 인류의 탄생과 거의 같이하지만 흔적은 5,500년 정도 전에 찾을 수가 있다.
거기에서도 결과물을 금에 배치를 하고 그것을 곡식의 결실이 있는 가을에 두고 이를 가을농사라 한다.
원소가 모두 철로 향하지만 사람도 당연히 가을인 금을 향하는 것이 이치이다.
우주현상의 성향과 사람현상의 성향이 딱 일치하는 것이다.

음양오행을 만들고 사주의 간지를 만든 것이 우연으로 우주현상과 일치하였다고 보기에는 많은 한계를 가진다.
지금의 생각으로 천체관측구나 과학의 발달이 미미했을 것으로 생각하지만 볼 수 있다고 다 아는 것이며 볼 수 없다고 다 모르는 것이 아니다.
그것은 우주 생성과 변화 질서의 이치를 자각함으로 충분히 알 수 있기 때문이다.

음양의 이치와 오행을 만든 사람은 지금으로부터 약 5,500년 전의 태호 복희이며 결승문자로 팔괘를 만들어 천문사괘와 지리사괘인 천문지리에 통달한 사람이다.

하도를 만들어 오행을 자연법칙에 따라 목화토금수 봄여름 가을 겨울로 이치를 설명하고 수리화하기도 했다.

세상사 우주변화질서인 자연현상의 자연법칙을 인간현상의 인간법칙을 가져온 것이 음양오행의 간지이며 인간사이다.
사계절이 단 한 번도 어긋난 적이 없으며 밤낮이 바뀐 적도 없다.

우주변화질서에 온 간지로 만들어진 사주도 단 한 번도 틀리게 표출하지 않았지만 틀렸다면 해석을 잘못한 사람에게 오류가 있는 것이다.

자신의 사주는 다른 사람과 구별되는 유일한 마땅함의 시의성이다.
여기에는 형이상 형이하의 모든 것을 머금고 있으며 네 개의 묶음으로 되어 있다.
묶음을 띠라 하며 이를 잘 풀어서 자신에 맞게 활용을 하는 것이 바른 생활이다.

잘 활용하면 조화로워 좋고 길한 것이며 잘 활용하지 못하면 부조화를 이루어 나쁘고 흉한 것이 된다.

물론 조화롭기 수월한 사람과 많은 노력이 필요한 사람이 있는 것도 진실이다.
아무리 조화롭기 수월한 사람도 마냥 조화로울 수만 없으며 노력이나 인내가 필요한 사람도 자신을 잘 알고 행동하면 조화롭게 되는 것이 이치이다.
그래서 좋고 나쁨의 길흉은 스스로 결정도 하는 것이다.

특히 특색이 강한 사람은 대운이나 세운 등 행운을 맞이할 때 특색이 강한 기운이 들어온다면 그때가 가장 굴곡이나 기복이 심한 때가 되는 것은 당연하다.

이때에 내실을 기하고 수성을 하여야 할 때이며 이때에 나섰다가는 망신을 당하거나 실패를 하는 것이다.

오행을 고루 가지고 사주 구성이 좋은 사람은 당연히 대운이나 세운을 맞이해도 영향이 대체로 적어 큰 탈 없이 편한 삶을 무구하게 살아갈 가능성이 높지만 행운에서 거슬림의 배척기운이 강할 때가 반드시 있기에 이때는 역시 주의가 필요한 것이다.

항상 사람이 길을 가는 데 시궁창 길고 있고 흙탕길도 있고 돌부리도 있는 장애물 길이 있어 속도를 낼 수 없으며 오히려 조심을 할 길도 있는 것이며 속도를 내며 달릴 수 있는 고속도로도 있는 것이다.
고속도로에서 속도를 내지 못하면 뒤처지거나 사고가 나는 것도 이치이다.
그래서 자신과 자신의 때를 잘 알고 잘 활용하면 좋음이 같이하며 행복하고 즐거우며 아름다운 세상에서 살아가는 것이 질서인 것이다.

자신의 사주의 길을 잘 활용하면서 때에 맞게 운행하며 나아가면 사주타령은 필요 없으니 사주타령은 핑계일 뿐이다.

27. 건강은 지켜야 아름답습니다.

세상을 아름답게 살아가는 것에는 명예도 있고 부도 있고 건강도 있어야 즐겁고 아름답게 살아 갈 것으로 생각을 합니다.
사람은 완벽하지 못하니 그렇게 잘 되지 않으며 설사 가지고도 스스로 가진 것을 모르는 것이 사람의 생리입니다.
더 가지고자 하는 욕심이라는 것이 있기 때문에 가질 수가 없습니다.
하지만 걱정할 필요가 없습니다.

몸과 마음이 건강하면 다 가지는 것이며 즐겁고 아름답게 살아갑니다.
하지만 건강을 잃어 죽으면 자동으로 사라지니 건강은 아무리 강조를 해도 역시 최고입니다.

건강이 중요하다는 것은 누구나 다 알지만 애절하고 절실함은 실제 생명에 위험을 느낄 정도로 아파보지 않은 사람은 건강의 중요성을 잘 모릅니다.
건강이 바로 죽음과 연결되는 경험을 했기 때문에 확실히 압니다.
때로는 이미 때가 늦기도 합니다.

그런 가족이 있을 경우에도 집안이 정상이 아닙니다.
그래서 명예나 부 이런 것보다도 건강이 최고인 것이며 건강을 지키지 못하면 즐겁지도 아름답지도 못합니다.

그래서 모두가 잘 알고 있지만 건강하게 살아가는 방법에 대해서 들여다 봅니다.
가장 훌륭한 의사가 세분으로 음식이라는 의사와 수면이라는 의사와 운동이라는 의사가 같이하는 경우입니다.

의사라는 의미는 의사 말을 잘 들어야 건강하기 때문입니다.
그래야 신체가 탈이 나지 않고 건강하게 되는 것입니다.

음식의 의사입니다.
사람은 오장육부를 가지고 있습니다.
이의 기능은 채우고 비우는 행위를 반복하며 그것으로 활력의 에너지를
발산하고 건강한 생활을 하게 합니다.

오장은 음의 성정이니 채우는 성질을 가지고 있으며 육부는 양의 성정을
가지니 비우면 편안해지는 성질을 가지고 있어 사람은 음식을 먹으면 영
양이 자연적으로 채워지고 또 비워지는 것을 시스템으로 활동하는 기관들
입니다.

오장은 간 심장 폐 비장 신장이고 육부는 담낭 소장 위장 대장 방광 삼초
이며 이들은 시스템으로 결합을 하고 순환의 변화질서를 가지며 반복하는
것이 살아감의 질서이다.

극한으로 가면 당연히 험난한 것이니 적당히 채우고 적당히 비우며 살아
가는 것이 고통이 없는 것입니다.
자연현상으로 봄가을은 지내기가 좋고 여름 겨울에는 힘든 것과 같습니
다.
당연히 사람도 채우기만 하면 배설이 되지 않아 변비가 걸리며 지속되면
사람으로 살아가지 못하고 비우기만 하면 배고픔의 고통과 영양실조가 죽
게 되는 것입니다.

그래서 음식은 적당한 것이 좋습니다.
과식은 좋지 못하다는 것입니다.
배가 고플 정도의 소식도 권하지 않습니다.

잠자는 시간에 임박해서는 음식을 먹는 것은 좋지 못합니다.

자연에도 오대양육대주가 있으며 이들도 소통하면서 살아가면 즐겁고 아름다운 세상이 되는 것은 당연합니다.
소통이 잘되지 않아 불통이 될 때 전쟁과 같은 극한의 상태가 되는 것은 마땅함의 질서입니다. 사람의 장기와 똑 같습니다.

그리고 수면의 의사입니다.
수면은 사람에게 절대적으로 필요한 휴식입니다.
음양의 시간이 각각 12시간입니다.
양의 시간이 12시간이며 음의 시간이 12시간입니다.
양의 시간에는 주로 발산을 하고 음의 시간에는 주로 수용을 하는 시간입니다.
주라는 말이 2/3를 말하는 것입니다.
그래서 일하는 시간이 8시간이며 잠자는 시간이 8시간입니다.
나머지는 발산을 위한 준비이고 수용을 위한 준비입니다.

그러니 수면을 8시간으로 하고 충분히 숙면을 하는 것이 바른 질서입니다.
수면이 충분하지 못하면 자연스럽게 병이 오게 되어 있으며 불안하고 피로한 것입니다.

그리고 운동의 의사입니다.
발산을 위한 준비와 수용을 위한 준비가 음식을 먹는 식사시간도 해당하지만 여기서는 그중 하나인 운동을 강조하고자 합니다.

걷는 운동이 제일 좋다고 합니다.

건강한 사람이라도 매일 1시간 정도는 지속적으로 해야 효과가 있다고 합니다. 거리로는 최소한 2Km정도로 보면 된다고 합니다.

그래서 자신에게 맞게 먹는 음식과 맞는 수면 그리고 맞는 운동이 신체인 육체를 더욱 건강하게 합니다.

이것으로는 부족합니다.
육체를 바르게 이끌어 주는 정신이 필요합니다.

그것이 여유입니다.
물질적인 여유가 아니고 마음의 여유입니다.
여유로운 사람일 때만 즐겁고 아름답게 살아갈 수 있습니다.

명예가 있다고 직위가 높다고 부인 돈이 많다고 다 여유로운 사람이 아니며 오히려 욕심으로 가득 차 더욱 여유가 없는 사람이 될 가능성 높습니다.
여유를 가질 때만 즐겁고 편안하며 좋음이 같이 합니다.

좋음으로 향하는 것이 웃음이고 사랑이고 감사입니다.
만병통치의 상비약이라고 한다고 합니다.

밝은 웃음으로 자신과 세상을 맞이하고 사랑으로 자신과 세상을 대하고 감사한 마음으로 자신과 세상을 맞이하는 것입니다.
이러면 자연스럽게 여유로운 공간이 생기며 자신이 여유로운 사람 겸손한 사람이 자동으로 됩니다.
그래서 항상 좋음인 길이 같이합니다.

아침에 일어나 웃음 사랑 감사가 자신을 맞이하면 바로 그것이 행복한 생활입니다.

간단합니다.
아침이 일어나 먼저 거울보고 웃고 그 모습을 사랑하고 이렇게 만들어 준 것에 감사를 하면 그것으로 족합니다.

만병통치약을 가지고 살아가는 것이니 걱정이 없으며 여유롭습니다.
나의수호천사가 항상 같이하고 있는 것입니다.

세상을 좋게 볼 수밖에 없고 세상을 공경하고 상대를 존중하게 되어 있으니 소통이 잘되는 태평시대를 스스로 가지는 것이며 즐겁고 아름다운 세상이 됩니다.

28. 오행과 오장육부의 장기

사람은 누구나 건강하게 살아가기를 원하지만 자신의 몸을 젊음으로 포장하고 과신하며 건강한 생활을 행동으로 실천하지 않는 사람이 많이 있습니다.
젊음은 영원한 것이 아니며 건강도 그렇습니다.
건강한 활동으로 건강을 지키는 것이 늘어서도 건강하게 살아가는 길입니다.
직립보행을 하는 사람의 특성으로 걷지 못하면 살아 있어도 험난한 것은 당연합니다.

그 중요함은 사주의 오행으로 잘 표출하고 있으며 이들이 배속된 장기가 존재합니다.

각자의 자신을 상징하는 중심으로 대표 오행이 있으며 동행하는 오행도 있고 많은 오행도 있으며 없는 오행도 있을 수 있습니다.
이를 하나의 통합 시스템으로 작용 반작용의 성정을 보는 것이 사주풀이이며 그 속에서 건강도 표현합니다.

특히 없는 오행이나 많은 오행을 가진 사람은 그 오행에 배속된 장기의 질병을 조심해야 한다고 합니다.
많은 오행이 극하는 오행의 장기에 해당하는 질병도 조심하여야 하고 평소에 더욱 관리하여야 하는 것이 섭리입니다.
말년의 긴 흐름에서 나를 극하는 흐름이 들어올 때는 특히 건강을 조심해야 하는 사람이라고 풀어드리기도 합니다.

한의학과 다른 해석일 수도 있습니다.

한의학은 사람의 생명을 다루는 의학의 분야이며 사주학은 철학의 분야이기 때문이라 전문분야가 아닙니다.

요즈음은 언어 문학 철학 역사 등을 주로 다루는 것을 인문학이라 하여 사람의 생각과 행동의 철학을 상황에 따라 각자 개인에 따라 다르게 다루는 사주학이 인문학의 분야가 되기도 하여 건강부분이 많이 없어진 것 같기도 합니다.
하지만 건강이 없는 사주는 구성이 되지 않습니다.

사람들은 모두 다 다른 과정을 겪으며 살아가는 것이 섭리이고 이치이며 각자의 도리이기에 개개인의 시의를 직접 연구하는 유일한 학문이다 보니 건강도 이 속에 포함되는 것입니다.
물론 치료분야는 아닙니다.

그것을 각자의 손가락이 가리키는 바인 각지기소지라는 것으로 표출합니다.
한의학도 하나의 뿌리인 천인지의 인학(人學)에서 시작하였으니 근본이 같은 것이라 그 추구하는 바는 건강한 생활이며 사주학은 사람의 마음과 행동도 같이 치유하며 각자기 때에 맞게 바르게 살아가는 것을 추구하는 학문이며 이는 기준이 명확한 각자의 시의성로 천인지와 동행하며 풀어 나가는 것입니다.

오행은 목 화 토 금 수이며 마땅히 음양을 가지는 것입니다.
목인 나무의 기운에 배속된 것이 간과 담입니다.
신경계이며 사람의 몸속의 화학공장입니다.
당연히 무리하여 혹사시키면 공장이 제대로 가동이 되지 않아 아주 좋지 못한 결과를 가져오게 되는 것입니다.

더 세밀하게 보면 담은 양인 갑목 인목에 해당하고 간은 음인 을목, 묘목에 해당합니다.

화인 불은 심장과 소장에 배속이 되어 있습니다.
순환계이며 혈액이 아니고 혈맥입니다.
관이 터지면 뇌출혈이 되기도 하고 관이 막히면 뇌졸증이 되기도 합니다.
얼굴색으로도 표출이 되기도 합니다.
사람은 관을 통해서 소통하니 크고 작은 관들이 몸속에서 존재하는 것이며 관에 이상이 생기면 움직이지 못하는 것입니다.
더 세밀하게 보면 소장은 양인 병화 오화가 해당하며 심장은 음인 정화 사화가 해당합니다.

토인 흙은 비와 위가 배속이 되어 있으며 피부도 여기에 속합니다.
화의 붉은 끼 얼굴색과는 다소 혼동이 되지만 피부는 토라 생각하면 됩니다.
그러니 얼굴색과 눈이 노랗게 되는 황달도 토기로 인한 것이며 피부의 트러블은 토기입니다.
근육도 여기에 해당하며 입술에 관한 질병에 여기에 포함시킵니다.
가장 중요한 소화기계가 토이며 영양분을 섭취하는 곳입니다.
이는 만물의 영양분을 저장한 곳이 흙이고 영양분을 공급하는 곳이 토입니다.

이것이 사람에게 온 것입니다.
소화기가 탈이라면 모든 것에 이상이 발병하니 오행의 토가 아주 중요한 것입니다.
그래서 토를 사람의 중심 기운이라 하며 토가 없는 분은 안정을 잘 하지 못하고 안절부절 하는 경우가 많습니다.

더 세밀하게 보면 무토와 진토 술토는 위에 해당하며 기토와 축토 미토는 비에 해당합니다.

금인 쇠는 폐와 대장이며 뼈 조직계입니다.
아마 단단한 바위와 같으니 뼈를 상징하고 폐와 대장에 배속이 된 것 같습니다.
그러니 사람의 골격입니다.
금이 부족하거나 많은 사람은 특히 공기 좋은 곳에서 생활해야 하며 음식도 고루 먹어야 하며 편식은 좋지 못합니다.
금의 기운이 사람을 가려서 좋아하는 편향성을 가지고도 있으니 음식도 그러합니다.

더 세밀하게 보면 양인 경금 신금(申金)은 대장에 음인 신금(辛金) 유금은 폐에 배속이 되어 있습니다.

수인 물은 신장과 방광에 배속이 되어 있으며 혈액계입니다.
귀나 머리털 사람의 생식기도 여기에 속합니다.
혈액이 탁하면 잘 움직이지 않으니 소통이 되지 않아 많은 질병을 유발합니다.
그러니 수는 지혜를 상징하며 사용하지 않으면 도태되는 것입니다.
피는 돌아서 순환해야 하고 오줌은 세상과 순환하기 위해 밖으로 보내며 소통하는 것입니다.
진리를 나의 지혜로 변화시켜 바르게 소통하고 사용하는 것입니다.

더 세밀하게 보면 양인 임수와 자수는 방광에 해당하며 음인 계수와 해수는 신장에 해당합니다.

사람의 몸에는 오장 육부가 있으며 지구에는 오대양 육대주가 있습니다.
사람의 오장을 간 심장 폐 비장 신장이라 하며 음의 장부이니 가득 채우
려는 성정을 가지며 육부는 담낭 소장 위장 대장 방광 삼초라 하는데 이
는 양의 장부로 비워내야 하는 성정으로 비어 있어야 편안하다고 합니다.

음의 성정은 수용의 성정이며 양의 성정은 표출의 성정이니 변화 질서가
바른 것이며 순환하는 것입니다.
음양 변화 원리입니다.
밤과 낮이 순환하면서 변화하는 것으로 비유하여 풀이가 가능합니다.
오장이 채워지면 육부가 비워지면서 서로 소통하고 순환하는 것이 건강입
니다.
이것이 통즉불통(通則不痛)으로 통하면 아프지 않습니다.
여기에는 즉(即)을 사용하지 않고 즉(則)을 사용하는 것은 같은 의미이지
만 더 강한 표현을 할 때 즉(則)을 사용합니다.
같은 곧 즉 이지만 반드시 필연적으로 해야 하는 이법과 같은 의미를 부
여할 때는 즉(則)을 사용합니다.
그래서 반드시 통하지 않으면 아픈 것이 이치입니다.
위장이 차 있으면 식체가 되고, 대장이 멈춰 있으면 변비가 되는 것입니
다.

오행에 배속된 장기를 살펴보았습니다.
항상 세상과 나의 몸과 마음이 바로 소통하는 것이 건강이며 행복이고 즐
거움입니다.

29. 전문가에게 맡겨야 좋음으로 해결됩니다.

세상을 바르게 살아가는 가장 핵심이 되는 일은 전문영역의 활용입니다.
사람은 신이 아니기에 모든 것에 전문가가 될 수는 없습니다.
자신만의 재능으로 전문영역을 가집니다.

신들은 태어남도 죽음도 없으니 방향이 없지만 사람은 자신의 방(方)을 가지고 태어났으며 사명도 있고 소명도 있습니다.
자신이 하면 가장 즐겁고, 하면 잘하는 일이 사명이며 전문영역입니다.

자신의 전문영역이 아닌 것은 다른 전문가의 도움을 받는 것은 당연하고 시간이나 비용이 절약되는 것입니다.
그것이 세상과의 소통이고 즐겁고 아름답게 살아가는 방법입니다.

나 혼자 모든 것을 다 알고 다 한다는 독불장군은 존재할 수도 없으며 그것은 교만이고 오만이고 자만으로 불통의 세상을 만드는 것입니다.
더불어 살아 태평시대의 아름다운 세상을 만들 줄 모르는 몰지각한 사람입니다.

그리고 자신이 직접 하지 않고 전문가에게 의뢰하고 도움을 받고 의지하여야 하니 제 비용이 많이 들것 같지만 핵심으로 나아가니 모든 것이 절약되는 것이 이치입니다.

질병은 전문가의 의사가 필요하지만 자질구레한 상식 등의 비전문적인 것으로 자신을 치료하려다가 고통과 비용만 더 더는 것은 당연합니다.
상식은 치료하는 곳을 빨리 찾는 것에 사용하는 것입니다.
모든 이치가 다 그렇습니다.

자신이 가장 잘하는 일인 전문가 영역을 제공하고 다른 사람의 전문가 영역을 제공받는 것이 바른 생활이고 협력이고 사회생활입니다.

전문가도 해결 못하는 것이 있습니다.
아주 격이 높은 의사가 위험한 수술을 집도하고 나와서 수술은 아주 성공적으로 잘 되었지만 결과는 장담할 수 없으니 때를 조금 기다려 보자고 합니다.

그것은 자신에 대한 겸손이고 하늘에 대한 겸손으로 신의 가호를 기다리는 것입니다.

이제부터는 전문가로 최선을 다했지만 신의 영역을 기다려 보자는 것입니다.

세상사를 크게 보면 일반적 생활영역과 전문가영역, 신의 영역이 보이지 않는 변화질서 속에 있는 모양입니다.

많은 인생 삶의 상담을 하면서 저분은 때를 너무 놓쳐 매듭이 아주 심하게 되었다. 앞이 보이질 않을 정도로 힘이 들겠다. 는 이런 생각을 간혹하게 합니다.

현재의 고민들을 혼자서 해결하려고 한 현상이 아닌가 합니다.

물론 고민을 해결하려고 노력을 하지 않은 것은 아니지만 바른 방법을 모르고 노력을 했기에 허사가 된 것입니다.

각종의 고민을 상담하고 조언을 하는 사주상담사를 찾았다면 그 지경에 이르지는 않았을 것입니다.

사주상담이라는 것은 각자의 근본에서 들여다보고 현재에서 풀어 나가는 상담이기 때문입니다.

당연히 역경도 전문가의 도움을 받으면 해결하기 수월한 것은 당연합니다. 그것이 고충의 시간을 단축하고 비용도 줄이는 길이다.

자신도 대부분 한 분야의 전문가이기 때문에 전문가의 능력을 잘 압니다.

자신이 하는 일은 자신의 전문 영역이 되는 것도 당연함의 이치이며 이를 잘 활용하면 세상은 조화로운 세상이 되며 전문적인 것으로 자신을 운행하면서 움직이고 일하는 직업이 되어 작용하면 가장 이치에 맞는 것입니다.

마치 지구가 태양의 주위를 일정한 궤도를 지키며 돌고 돌며 운행하는 것과 같은 것입니다.
자신의 지구를 돌고 돌며 순환하면서 움직이는 것과 같고 사람의 수만큼이나 지구를 도는 원이 있는 것입니다.

전문 영역의 성향이 자신의 성향과 일치하면 원하는 바를 이룰 수 있으며 세상이 행복하고 아름답습니다. 그러하지 못하면 원하는 바를 이룰 수 없고 불행한 것이며 추하게 됩니다.

자신 고유의 전문가 영역이 아닌 것은 모두 상식 정도로 알면 머리가 복잡하지 않으며 여유로운 사람이 되지만 다른 영역을 많은 노력으로 억지로 배워서 습득하려는 것은 힘듦을 가중시키는 것입니다.

여러 가지의 전문가가 되고자 하는 것은 욕심일 뿐이며 사람은 신이 아니기에 한 우물을 파라는 명언도 있습니다.
이것저것 하면 겉만 좋을 뿐 실속이 없다는 말로 대신합니다.

사람은 시시각각의 마땅함인 시의성으로 태어났으니 자신의 일은 당연히 있는 것이며 자신의 일이 아닌 일을 침범하면 당연히 험난하고 추한 것입니다.

자신의 상식으로 어떤 일에 직면하면 상식으로 그것을 풀어나가는 것은 힘들고 어려운 것이며 한계에 직면하는 것 또한 이치입니다.
상식으로는 핵심의 정곡을 알 수 없고 부족함이 많으니 그쪽의 전문가를 찾아서 의지하며 풀어 나가는 것이 마땅함의 질서입니다.

그것이 가장 원하는 바를 달성하는 수월하고 좋은 방법이며 고통이나 스트레스도 적으며 비용이나 시간도 당연히 단축되며 실패도 거의 없습니다.

의사의 전문 영역을 가지지 않은 사람이 의사 같은 전문가 행세를 하는 것은 큰 오류를 범하게 되어 당연히 자신이 고생을 합니다.
의사의 도움으로 질병을 예방하고 보약도 먹고 치료도 하는 것은 바른 질서입니다.
자신에게 맞지 않는 보약은 사약입니다.
질병과 맞지 않는 치료는 당연히 더욱 악화되는 것이 이치입니다.

각자의 인생 삶에 있어도 자신에게 착함인 선한 길로 즐겁고 아름답게 가야합니다. 그렇지 않고 자신에게 착하지 않은 불선의 길은 험난하고 추합니다.
선한 길은 복덕을 주고 불선의 길은 불행으로 재앙을 줍니다.

자신에게 선한 길은 찾는 것은 아주 중요하며 그것을 상식으로 풀어 나가는 것은 어리석음입니다.
물론 심서를 읽고 수기지학의 공부하여 자기 성찰로 자신을 바로 바라볼 때는 가능합니다.

옛날의 훌륭한 선비들은 사서삼경 중 가장 마지막으로 많은 경전을 다 읽고 깨달아야 읽을 수 있는 역경을 수확하였으니 가능했지만 지금은 그럴 시간이 없습니다.

그래서 그것을 공부한 전문가의 도움을 받으면 수월한 것입니다.
자신의 태어남의 마땅함인 시의성으로 형이상의 정신적인 것과 형이하의 물상적인 것뿐만 아니라 자신의 좋고 나쁨인 바이오리듬의 주기까지도 운으로 표시하고 있으니 이를 분석하여 풀어 줄 수 있는 전문가에게 의뢰하면 간단합니다.

30. 궁합은 인간관계이론으로 기준이 확실한 것이다.

궁합은 동양 서양을 불문하고 가장 과학적인 인간관계이론이다.

서로의 사주로 궁합상담을 하는 것은 그 기준이 확실하고 자신과 상대를 비교하는 궁합에는 심리적이며 정신적인 형이상과 물상적이며 현실적인 형이하도 모두 명확하게 표출하고 때에 따른 변화의 흐름도 감지되기에 더 이상 좋은 인관관계이론은 없다.

그래서 항상 결혼하기 전에는 결혼궁합을 보고 사업하기 전에 사업궁합을 보는 것이며 직장이나 진로를 결정할 때도 직업 궁합을 보고 동업자가 있을 때도 당연히 동업궁합을 보고 나아가는 것이 이치에 맞으며 바른 질서가 된다.

사람과의 관계만 보는 것이 아니며 사람과 물상의 관계도 보는 것이며 물상과 물상의 관계도 볼 수 있는 것이다.
비빔밥에 들어가면 서로 상생 작용을 하여 맛이 상승되는 재료들이 있는 반면 상극작용을 하여 맛이 더욱 없어지는 재료들도 있는 것이다.
이것이 음식궁합이다.
사람과 음식과의 궁합도 음식궁합이지만 음식의 재료들의 궁합도 음식궁합이다.

특히 사람은 자신에게 영향이 많은 새로운 일을 시작 전에는 반드시 궁합을 보는 것이 이치에 더욱 맞는 것이다.
그것은 그 일이나 그 사람에 대해서 바르게 알고 나아가는 것이 된다.
일이라면 자신이 어떻게 대처하고 사람이면 서로를 바르게 알고 보완하고 나아가면 보다 더 좋음이 같이하기 때문이다.

궁합이론을 제외한 동서양의 대부분 인간관계이론에는 기준이 확실하지 않다.

상담을 통해서 대부분 결정하기 때문이다.

그 사람의 현재 심리상태나 물상으로 상담을 통해서 현재를 파악하여 그것이 기준이 된다.

물론 현재 상태를 파악할 때 체크리스트나 매뉴얼을 가지고 하기는 한다.

이와는 획기적으로 다른 궁합이론을 업신여기거나 비하하는 것은 정말 잘못된 것이며 궁합이론의 내용을 충분히 관찰하여 어긋나는 것이 있으면 수정하든지 그것이 너무 맞지 않으면 비하해도 되는 데 잘 알지도 못하면서 남의 것이 무조건 좋다는 서양 사대주의에 기인하여 비하하거나 업신여기며 비과학적이라 하는 것은 머리가 꽉 찬 어리석은 사람의 발로이다.

간단히 과학과 세상사의 인간사를 다루는 사주학인 인문학과 비교하여 본다면 인문학이 과학보다 범주의 범위가 아주 넓은 것이니 과학으로 무조건 다 증명한다는 것은 과학의 한계일 뿐이다.

서양의 기준인 영어로 우주라는 스페이스, 유니버스, 코스모스의 단어를 통해서 들여다본다.

스페이스는 인간이 현재 갈수 있는 우주를 말하며 SPACE WAR는 인간과 하는 우주전쟁이 된다.

유니버스는 현재의 우주를 표출하는 은하수이며 천체학의 교과서라고 하면 된다고 한다.

코스모스는 인간이 앞으로 발견할 dark matter &dark energy를 포함한 인문학의 인위적인 발상이 들어가 보이지 않는 것까지의 우주 질서를 말하는 것이다.

우리가 하늘이라 하는 것이 서양의 코스모스인 것이다.

우주생성과 변화질서로 지구가 있는 것이며 그 속에 만물의 일원으로 사람이 살아가는 것이다.
그래서 우리는 하늘의 변화질서를 줄여서 하늘에서 준 것이라 한다.
하늘이 신이 된 것과 같으며 우리나라의 사고방식이다.

그래서 자신의 태어남의 생년월일시도 하늘에서 준 것으로 마땅함의 질서라 한다.
진실은 변화질서의 마땅함으로 모든 것이 일치하여 화하여 온 것이다.
이를 때의 마땅함인 시의성이라 한다.
그 마땅함으로 각자가 태어난 것이다.
다른 물질이 소멸되고 그 물상을 기반으로 하여 각자가 탄생을 한 것이다.
종시원리의 연속성이다.
초등학교 때 질량불변의 법칙을 배웠다.
이와 크게 다를 바가 없다.
이것이 인문학적 사고로 서양에서 이야기하는 코스모스적인 사고이다.

궁합상담은 다른 사람과 확실하게 구별되는 자연적이며 필연이고 거부할 수 없는 절대적인 질서로 형성된 자신의 시의성과 상대의 시의성을 살피는 것이다.

마땅함인 시의성의 기준으로 자신과 상대를 비교하여 궁합상담을 하고 이를 통해서 현재의 습성이나 습관도 관찰하는 변화도 들여다본다.
사실로 볼 때 상담의 대화를 위해서 필요하며 각자의 수양 정도를 확인하는 것으로 보통 사람의 경우는 진실로 볼 때 그것도 필요가 없다.

시의성에는 형이상 형이하를 모두 표시하고 살아가는 때에 따른 반응도 다 표출하고 있기 때문이다.

그것은 시의성도 간지로 되어 있으며 달력도 간지로 되어 있고 시간도 간지인 것이다.

사람은 간지로 태어나고 간지로 살아가는 것이다.

그것이 행동하는 움직임으로 표출되는 것이 오행이다.

다른 만물은 간지로 표출하지는 않지만 오행으로 표출되어 있으니 비교가 가능하다.

모든 것이 잘 짜인 질서 속인 것이다.

그래서 수기지학이나 자기성찰의 노력으로 수행을 하지 않은 사람은 대부분 이 범주를 크게 벗어나지 못하고 있다.

물론 천재일우나 천우신조의 이변이 있을 경우에는 예외가 되지만 얼굴의 안면만 보거나 대화를 간단히 해 보아도 바로 안다.

이런 좋은 궁합이론의 제도를 우리의 조상님께서 잘 만들어 두셨는데 활용을 하지 않는 것은 후손의 어리석음인 것이다.

본인에게 영향이 많은 큰일의 시작 전에는 반드시 궁합을 보고 대처능력을 가지고 행동하면 좋음이 같이하는 것은 마땅하고 당연한 이치이다.

31. 길타령 돈타령 명예타령

하고많은 타령 중에 길타령 돈타령 명예타령 한번 할까 한다.

나의 인생을 삶을 뒤돌아보니 살아온 길이 가지각색의 천태만상으로 참 길도 많았다.
이를 두고 굴곡이 많은 기복 된 삶은 산 사람이라 하는 것인가 보다.
많은 길을 경험했으니 꼭 나쁜 것만은 아니지만 험난했던 것은 명확하며 파동의 기폭이 심한 삶이니 파장이 요란했다.
참 좋은 길도 있었고 정말 가지 말아야 했던 나쁜 길도 있었다.
되돌아보기도 싫은 길도 있었으며 항상 기억하고 싶은 길도 물론 있었다.

빨리 달릴 수 있는 고속도로 길만 있었던 것이 아니고 아주 조심해서 걸어야 하는 흙탕길도 시궁창 길도 있었다.
천천히 걸어야 하는 오솔길도 있었고 걷기 초차 힘들며 많은 노력이 있어야 오를 수 있는 산 비탈길도 있었다.

남의 눈치를 보아야 하며 언제 막힐지 모르니 앞길을 예측할 수 없으며 소통을 잘 하여야 하는 골목길도 있었고 내 마음대로 나아가는 자만하고 교만하며 오만한 길로 불통의 길인 내리막길도 있었다.
그때는 그 길이 성취감을 느끼는 오르막길로 생각을 했다.

잘 달릴 수 있는 길도 있었지만 뒷심이 없어 지속성을 가지지 못해 그 길은 찰나이었고 힘들게 걸었던 길이 오히려 지속성을 가진 긴 길이었다.
이는 하늘도 땅도 사람도 귀신까지도 도와주지 않게 되어 있는 길을 선택한 결과이다.

물론 내가 걸고 뛰었던 길은 이보다 더욱 많아 다 표현할 수 없지만 잘 짜인 기찻길은 가지 못했다.

인생길은 나누면 두 가지 길로 나누어진다. 고 한다.
돈타령 길이나 아니면 명예타령 길이다.
다 행복으로 나아가기 위한 길이다.
그러니 즐겁고 아름답게 살아가기 위한 길이다.

하나는 극단적 표현을 사용하면 돈을 벌어야 행복하니 돈을 벌기 위해 사는 길이고 다른 하나는 명예를 가져야 행복하니 명예를 얻기 위해 사는 길이다.
돈타령 길과 명예타령 길이다.
이 두 가지는 좋고 나쁨인 길흉으로 나눌 수 없다.
과하여 지나치면 나쁜 흉이 되고 지나치지 않으면 좋음인 길이 된다.

나의 선택은 돈타령 길을 선택했다.
내가 선택할 수 없는 과욕의 길이다.
내가 태어날 때 하늘로부터 받은 길은 명예타령 길을 가야 하는 사람이다.
돈타령 길인 잘못된 길로 나아가면서 살았으니 장애물이 많은 것은 마땅하며 자신의 길이 아니고 남의 길을 간 것과 같으니 나의 인생 삶이 아니고 남의 인생 삶을 갈구하면서 살아 당연히 험난하고 추한 것이었다.

사주에는 재성이 없는 사람의 길과 많은 사람의 길이 있다.
꼭 같은 것은 아니지만 대부분 결과가 같아서 같다고 본다.
그것의 진실은 잘못 운행을 한 결과일 뿐이다.

재성이 없는 사람은 돈과 크게 관련이 없는 명예를 얻는 일을 하면 더욱 돋보이며 부수적으로 돈이 들어와 부자로 살아가지만 돈타령을 하면 동가식서가숙하는 사람이 된다.

재성이 많은 사람은 돈이나 재물을 활용하는 일을 하여야 부자로 살아가며 명예를 추구하면 거지로 살아가게 된다.
자신의 것이 아니라도 관계가 없다.
은행 등의 직업도 좋은 것이며 사업도 좋고 장사의 자영업도 좋다.
은행에 근무하면 은행장 할 군번이다.
사업을 할 경우는 잘 하면 자수성가하며 대기업의 대표가 될 군번이 되기도 한다.

당연히 조심하면서 때에 맞게 행동해야 하는 것이 전제된다.
수성을 할 때와 성취할 때를 알아야 하며 성취할 때 꼭 저축이 필요한 사람이다.
재성이 많다는 이야기는 행운에서 재성이 들어올 때 더욱 욕심이 많아지며 과욕이 생기기 때문에 이때는 내실을 기하고 보약을 먹고 건강을 챙기며 조용히 수성에 치중을 할 때이다.
이때를 모르고 새로운 것을 시작하거나 사업을 확장하면 전부다 날린다.

오봉은 재성이 없는 사람이다.
그러니 사업을 하면 성공할 확률이 낮은 사람이다.
재성이 없는 사람의 사업은 특히 대운에서 연속으로 받쳐주지 않으면 지속성을 가지지 못하여 일시적으로 성공할 수는 간혹 있지만 그것은 찰나인 것이다.
그런데 대운에서도 재성이 받쳐주지 않는 데 사업을 하였으니 당연히 실패를 하는 것이다.

아무리 생각해도 오봉은 명예 타령을 해야 하는 사람이다.

인성 중에 편인이 강한 사람으로 종교나 종교학 철학 인문학과 관련된 일이 맞다.

지금 생각해 보면 학교 시절에도 학과 공부는 크게 관심이 없고 천자문이나 사서삼경 등 심서와 철학서적에 관심이 많았다.

쉽게 이야기하면 도 타령을 해야 하는 사람이다.

도를 들여다보면 길 도(道)이니 자신의 길을 그냥 가거나 길을 연구하는 사람이다.

스님들은 평생 자신의 도를 찾아다니다 도로 죽는다고 한다.

스님들은 죽지 않을 것 같은 데 죽는다고 하니 이상하기는 하다.

어느 날 영암 스님과 인연이 되어 스님의 길은 가지 않았지만 더욱 맞는 길을 찾았다.

사주를 공부하기 시작하였으며 그 원리와 이치의 신기함은 말로 표현할 수 없기도 했지만 내가 잘못 살아온 것에 대해 자책과 자학을 하며 한동안 수렁에서 헤어나지 못했다.

스님의 도움으로 다시 자신을 바로 세우고 시의성의 이치를 깨달아 파고 또 파서 사람들의 길을 바르게 안내하는 덕담을 하고 있다.

나 같은 사람은 다시 만들지 않아야 한다는 것을 서원했기에 가능한 일이었다.

아무리 생각해도 정말 맞는 길이다.

그래서 이것이 선한 길이구나 깨달았다.

누구나 모두에게 자신의 선한 길이 있다.

그 길을 찾아서 마음과 몸이 행동하면 당연히 즐겁고 아름답게 살아가게 된다.

선은 착할 선(善)이며 자신에게 착함이 선이며 인간사 모든 것이 자신의 기준에서 이루어진다.
세상에 착한 것도 좋지만 자신에게 착한 것이 꼭 맞는 선이다.
그러면 세상은 자연스럽게 조화를 이루게 되는 것이 섭리이다.

각자 개인은 다른 사람과 구별되는 것으로 거부할 수 없으며 자연적이고 절대적인 단 하나 유일한 것이 태어난 해와 달 날 때인 생년월일시의 사주이며 변할 수 없는 마땅함의 시의성이다.

이를 거부하거나 부인하면 자신의 태어남이 없는 것과 같다.
자신의 손가락이 가리키는 바대로 나아가는 것이 자신의 선한 길이다.
각지기소지(各指其所之)라 한다.
주역을 아무리 공부하고 심서를 공부해도 각지기소지라는 말은 있어도 그 손가락이 가리키는 곳을 구체적으로 이야기하지 않고 각자 자신이 깨달은 몫으로 두고 있다.
그것이 자신의 삶이기 때문이며 누구도 책임질 수 없기 때문이다.

감히 이야기한다.
자신의 사주가 가리키는 방향으로 나아가면 된다.
사람은 신이 아니기에 자신을 방향을 가지고 태어난 것이다.
30,000개 이상의 직업으로 세분할 수 있지만 크게 열 개의 방향인 십방(十方)이다.
이를 시방이라 한다.
불가에서는 시방세계라 한다고 한다.
팔방(八方)에서 상하 공간이 포함된 것이 시방이다.
역에서는 모두가 여기서 결정이 된다고 해도 크게 틀린 것은 아니다.

역에서는 살아가는 방향이 십이지이니 열두 방향을 가진다.
천간 10개와 지지 12개가 만나 60갑자의 간지가 되었으며 10개의 방향으로 조정이 되었다.

그것이 간지와 오행으로 표출되는 십성이다.
자신의 간지로 조화로운 곳을 찾으면 되고 그 곳에 오행을 두고 있으니 5개이며 이들이 음양을 가지니 10개가 되고 이를 십성이라 한다.
이 십성을 용으로 사용하면 되는 것이 이치이다.

자신에 가장 맞는 방향이 자신의 길이고 선한 길이 된다.
그 길을 선택하면 즐겁고 아름다운 길이다.
그러니 좋고 나쁨의 선택은 자신이 하며 자신이 길흉(吉凶)을 결정하고 나아가는 것이다.

탁류처럼 흘러가면서 자신의 선한 길로 착각하기도 하지만 천재일우나 천우신조가 운기를 받지 않으면 거기에서 선한 길을 가게 되는 것은 거의 불가능하다.

아무리 돈타령해 보아야 돈은 보이지 않고 명예타령을 해 보아야 역시 보이지 않는다.
그냥 자신에 맞는 길을 선하게 가면 그 길이 돈길이고 그 길이 명예가 있는 길이다.

32. 노력으로 얻는 공덕과 그냥 오는 공득의 의미

공득(空得)과 공덕(功德)의 의미를 세상사의 인간사로 들여다본다.

공득은 빌 공(空)에 얻을 득(得)이다.
빈 득이라는 의미도 되지만 한일이 없이 얻은 것으로 덕이 암시되어 있다.
물론 공덕에 비교하여 만들어진 말이니 "힘을 들이거나 값을 치르지 않고 거저 얻음"이라 사전에 정의하고 있다.

반면에 공덕은 공 공(功)에 큰 덕(德)이다.
"착한 일을 하여 쌓은 업적이나 어진 덕"이라 국어사전에서 말하고 있으니 선하며 남에게 해가 된지 않는 어질고 바른 노력에 대한 결과라는 의미이다.
착한 일이라는 것이 선한 일이다.

여기에 착한 일이라는 것을 사람들은 세상사에 착한 일로 많이 착각을 하지만 이 또한 나쁜 것은 아니다.
자신에게 아주 힘들고 무리가 가더라도 세상사의 인간사로 볼 때 좋으면 나쁜 것이 아니기 때문이다.
그렇지만 자신에게 힘든 것은 결코 착한 일이 아닌 것을 꼭 꼭 필연으로 알아야 한다.
자신을 모르고 노력을 하는 것은 착한 일이 아니기에 공든 탑이 무너진다. 는 말이 있다.

다만 아무리 힘들어도 힘들지 않고 즐겁게 하면 그것은 자신에게 선한 일이 되지만 자기 수양이 많이 되거나 운의 흐름이 아주 좋은 사람이 아니면 불가능한 일이다.

보통사람들은 자신에게 착한 일을 하면 인간사에 자동으로 선한 일 착한 일이 된다.
그것은 태어날 때 하늘로부터 받은 자신의 소명이고 사명이기 때문이다.
세상사를 걱정할 필요가 없는 것이다.
이기적인 것 같지만 가장 현실적으로 사명을 선도(善道)로 조상님이 만들어 두신 것이며 공든 탑은 무너질 리가 없다.

그것은 지신에게 착한 일을 하는 것은 남의 눈치나 의식할 필요가 없이 묵묵히 자신에 맞게 생활하는 것이기 때문이다.

간혹 세상사의 인간사에 욕심이라는 것이 발동되어 어긋날 수 있지만 이를 사득(舍得)으로 바로 알고 돌아오는 것은 금수와 다른 사람이기 때문에 이 또한 허물이 없다고 했다.
신이 아니기에 사람은 실수도 당연히 있는 것이기에 허물로 보지 않는 것이다.
여기에서 사는 버릴 사(舍)도 되지만 집 사(舍)도 된다.
사득은 버리면 얻는 것이다. 라는 의미이며 집은 자신을 상징하니 자신을 버리는 것이 얻는 것이다.

흔히 많이 이야기한다.
그릇의 속성은 계속 채울 수만 없으니 비워야 다시 채울 수가 있어 나눔의 진리로 이야기한다.
사람의 그릇도 이와 같아서 욕심으로 채우는 것은 한계에 직면하게 되어 공든 탑이 무너지는 것이다.
한글은 정말 대단한 것이며 그 많은 한자들을 모아서 간단히 정리하고 있는 것이다.

공득이란 공짜로 얻는 것이 결코 아니다.

자신을 비워서 얻는 것이다.

자신에게 선한 일을 할 때 자동으로 자연스럽게 오는 덕이 공득이다.

소명과 사명의 완수를 위한 오직 한마음 일념만이 얻을 수 있는 것이 공득이다.

세상사 인간사에서 가장 좋은 것은 욕심이 없는 덕으로 공득이다.

그래서 빌 공(空)을 다 가진 것으로 해석하는 것이다.

우리는 빈다. 기원한다. 기도한다. 이런 말들을 많이 사용한다.

여기에 사용한 말이 빌 기(祈)이다.

빌 공(空)과 뜻은 다르지만 잘 통한다.

강하게 소원하며 비는 빌 기나 마음을 비우고 모든 것을 자연스럽게 얻는 빌 공을 잘 생각하면 어떻게 살아야 하는지에 대한 답이 나올 것 같다.

물질적이 아닌 빈 것이라는 것은 사람이 눈으로 볼 수 없는 것이라 마음에만 있는 자연스러운 여유인 것이다.

그것이 자신의 선한 마음에서 오는 여유 공간이다.

그래서 선한 마음 선한 행동은 자신에게 착함이 기준이다.

자신에게 순수한 참진 모습을 누구나 다 가지고 있다.

이를 이어서 잘 가꾸는 것이 자신에게 착함인 착할 선이다.

이런 과정의 생활이 아름다움의 미인 것이다.

그래서 아름다운 세상이 되는 것이 섭리이고 이치이다.

자신에게 착한 일을 하면 세상은 무조건 조화로워 지독한 전쟁과 같은 경쟁도 없으며 조화롭게 자연적으로 아름답다.

그것은 사람은 다 시시각각으로 태어나기 때문에 그것으로 소명이 정해진 것이다.
우리나라의 사고 방법이 국가의 기본 구성이 개인이며 가정이고 그것이 나아가 사회가 되고 국가 되는 것이다.
이를 동양적 사고라 한다.

이를 역으로 나아가 국가가 먼저이면 세상은 험난해지고 추해지는 것이며 억지가 있어 자연스럽지 못한 것이 이치이다.
하지만 자신을 모르고 욕심으로 나아가도 추해지는 것은 같다.

수기지학의 공부로 자기성찰을 하지 않은 많은 사람들은 자신을 알려고도 하지 않고 사회에 통상적으로 좋은 것을 쫓아 나아가서 실패를 하며 망신을 당하기도 하고 시회를 혼탁하게 만들고 권모술수를 동원하여 억지로 얻고 성취하고자 하니 매사 불안하다.

이런 사람들을 위해 우리의 조상님은 자신을 간단히 알 수 있도록 지혜로 잘 만들어 두셨으며 사람의 몸에 우주를 담아 두었다.
그것이 태어날 때에 가지고 나온 해와 달 날 때인 생년월일시의 시의성으로 사주이다.
이 시의성의 본 모습이 자신의 참진 모습이며 이를 잘 가꾸어 나가는 것이 자신에게 착함인 선이며 이런 생활이 아름다움이다.
이에는 결과를 염려할 필요도 없다.
자신에게 선함으로 나아가서 자신을 바로 세우는 정(貞)이며 마땅히 아름다운 것이다.

자신의 순수한 모습인 참진 모습을 아는 것은 자신의 사주를 바로 알면 된다.

어떻게 살면 자신에게 착한 것인지도 다 나와 있다.
어떤 때에는 내실을 기하고 수성을 하며 보약을 먹어야 하고 어떤 때는 힘차게 앞으로 나아가면 좋은 지도 다 암시하고 있다.

사람은 금수와 다르니 수시로 자신의 사주를 깊이 있게 들여다보고 고칠 것이 있으면 캐어하고 힐링을 하여 다시 나아가는 것이 순리이며 아름다운 생활이다.

사람들이 자신의 사주를 비하하고 업신여기기도 하지만 이는 자신을 태어남을 부인한 것과 같고 사주학은 공부하면 할수록 대단함을 느끼고 느낀다.
소를 물가로 데리고 가지만 물을 마시고 마시지 않고는 소의 몫인 것이다.
이미 이 글을 읽은 사람은 물가까지는 더불어 동행한 사람이다.

우주변화 질서인 자연현상의 자연법칙을 인간에게 가지고 와서 인간현상의 인간법칙으로 조금의 어긋남도 없이 만들었다.
여기에는 이변도 다 암시하여 조짐을 두고 있으니 기상이변을 예측하는 것과 혐사 같다.

사주학을 공부하는 사람이라 다행히 큰일을 치를 수 있는 것을 조짐으로 알고 극복하는 경험을 했다.

2021년의 신축년을 정말 좋지 못한 한 해로 모진해이며 근본과 관련된 좋지 못함이 사주와 행운 속에 암시되어 있었다.
항상 조심하고 큰 움직임도 자제하면서 생활하다가 평소에는 병원에 가서 상담하지 않은 내용도 말하여 간단한 검사를 하고 동아대학교병원으로 이동하여 아주 위험한 대수술을 하고 큰 위기를 넘길 수가 있었다.
쉽게 이야기하면 길 가다가 이루어지는 객사의 흐름을 극복한 것이다.

사주학을 숭상할 필요는 없지만 자신을 알고 바르게 행동하기 위해서는
알아야 하는 것이 자신의 시의성인 사주이며 그것이 즐겁고 아름답게 살
아가는 방법을 아는 것이며 자신의 모든 것이 여기에 기준으로 하여 시작
하는 것이다.

사주학은 인문학의 학문으로 개인의 시의성을 직접 연구하는 유일한 학문
이며 형이상 형이하의 모두를 깊이 있게 탐구하는 것으로 미신으로 착각
을 하면 추해질 가능성이 있다.

33. 24절기 중 처서백로 때가 중요하다.

처서와 벡로 때의 비는 정말 좋지 못하다.
사람도 이때를 알아야 자신 농사도 실패가 없는 법이다.

계절의 24절기 중 가장 중요한 때로 각자의 절기 중에도 가장 중요한 시기이며 이때는 성장보다 보완의 시기이다.

처서와 백로에 즈음하여서는 아침의 이슬만으로 족한 때의 시기이다.
이것이 자연 질서의 보완이다.

강열한 햇빛은 아니지만 아직은 잔서의 열과 햇빛이 필요한 시기이다.
알이 차고 맛을 더하기 위한 필수조건이다.
필수적 보완의 조건이다.
방해가 있으면 치명적이다.

이때의 비바람은 곡식이 영글고 과일이 맛이 더하는 때로는 아주 좋지 못하다.
과일이 떨어지기도 한다.
뿐만 아니라 과일도 속이 차지 않고 맛이 들지 않으며 썩기도 하니 이 또한 일 년을 고생한 농사가 허사가 되어 헛고생으로 허망한 해가 된다.

처서 백로의 시기의 비가 오면 논농사의 벼가 싹이 나기도 하고 쭉정이가 되어 곡수가 나지 않는다.
역시 일 년 논농사를 한 농부가 초라해지고 걱정이 생긴다.

2022년 올해는 처사가 지났는데 계속 비가 많이 오고 있다.

오늘도 비가 온다는 예보가 있고 내일도 모래도 있다.
예보가 엉터리가 되었으면 좋겠다.

이런 현상은 모두에게 좋지 못한 것이다.
세상이 험난하고 추해지는 것이다.
공든 탑이 무너지기 때문이다.

사람도 자신만의 계절이 있으며 그 24절기 중에 가장 나쁜 때가 결실을 눈앞에 둔 시기의 비바람이다.
이때의 시련은 혹독한 것이다.
모든 노력이 허사가 되어 쭉정이로 초라하고 추하게 변할 수 있기 때문이다.

한 인생으로 보면 말년으로 가는 때의 길목이며 짧게는 매년 있는 것은 당연하다.
장기적으로 10년 단위로도 있다.

자신의 처서백로 때는 성장보다 수성의 시기이며 내실을 기하는 때로 보완하여 더욱 튼튼한 결실을 맞이하여 자신을 바로 세우는 것이다.
그것이 원형이정의 정이다.

이를 모르고 욕심의 비바람으로 더 큰 성장을 바라고 자신을 맞이하면 알거지가 되어 동가식서가숙하며 의지할 곳이 한곳도 없는 처지가 된다.
후회해도 소용이 없다.

가장 조심해야 하는 때이기 때문이다.
이때까지 고생한 노력이 순간의 실수나 잘못으로 다 날아가기 때문이다.

특히 건강도 같이 문제가 된다.
심한 스트레스와 자괴감으로 인한 자신의 상실이다.

벼가 쭉정이가 되고 과일이 낙과하거나 썩는 것과 이치가 같다.

그래서 사람은 누구나 성장할 때와 멈추고 내실을 기할 때가 다 있는 것
이며 이를 알아야 성공하는 것이다.
멈출 때 나섰다가 망신을 당하고 나설 때 나서지 않아 얻는 것을 놓치기
도 하는 것이다.

이는 나이도 영향이 전혀 없는 것은 아니지만 크게는 영향이 없으며 자신
대운의 긴 흐름과 관련이 된다.
여기서 대운이라는 것은 크게 좋은 운을 의미하는 것이 아니라 자신의 큰
줄기이며 대체적인 흐름이다.
그래서 이를 10년의 긴 흐름이라 하며 크게 좋은 운이 되기도 하고 크게
나쁜 운이 되기도 한다.
그러니 일생의 삶에 가장 영향이 많아서 대운이라 한다.

물론 매해 나설 때가 있고 멈출 때가 있는 것은 당연하다.
대운의 대체적인 흐름을 바탕으로 실제 움직이는 시기는 세운인 매년 흐
름이다.
세운이 좋을 때 나서고 나쁠 때 수성을 하는 것이다.

물론 좋을 때 속에도 반드시 처서 백로는 있는 것은 마땅함의 질서이다.
끊임없이 세분할 수 있는 것이 음양의 질서이며 항상 겸손으로 세상을 맞
이하는 것이며 좋다고 촐랑대다가 콘 코 다치는 것이다.

2022년의 처서백로 때의 비바람을 보고 자신을 뒤돌아보고 잘못이 있으면 수정을 하고 고치고 내실이 있는 사람으로 다시 나아가자.

그것이 자신에 대한 사랑이고 희열이라 즐겁고 아름답게 살아가는 가장 좋은 방법이다.

34. 남이 나의 인생을 절대 대신 살아주지는 않는다.

내가 나의 인생 삶을 살아가는 것이지 절대로 다른 이의 삶을 살아갈 수 없다.
그것은 나의 귀중한 인생을 남이 대신할 수 없는 것은 거부할 수 없는 절대적인 것이며 자연적인 것이다.

누구나 자신이 태어남의 마땅함인 시의성을 가지고 있다.
이를 부인하면 자신의 태어남이 없는 것이 된다.
절대 우연으로 이 세상에 온 것이 아니며 변화 질서로 모든 것이 일치하여 그 마땅함으로 이 세상의 지구에서 탄생의 기쁨을 얻은 것이다.

태어남의 그때로 이미 시작하였으며 이 순간의 시각인 때로 지금 살아가는 것이며 그때가 종료되면 이 세상을 마무리하는 것이 이치이다.
그것이 한사람 개인의 생명으로 각자의 인생인 것이며 종시 원리의 순환 질서 속에서 나 자신이다.

그런데 사람들의 자신의 삶으로 살아가기를 원하는 것보다 다른 길을 가고자 원하는 사람이 많고 자신의 바른 삶을 알려고도 하지 않는다.

그러다 보니 당연히 세상은 험난하고 스트레스가 많으며 지독한 경쟁 속에서 살아가며 생각하는 것보다 항상 이루는 것도 작은 것이며 즐겁지도 아름답지도 않은 세상인 것이다.

자신에게 선하고 바른 인생길이 아니고 세상이 좋아하는 인생길로 나아갔기 때문이고 이 길이 결코 자신의 선하고 바른 길이라 할 수는 없는 것이 이치이다.

마치 남의 길 남의 인생을 살아가고자 하는 것과 크게 다를 바가 없으며 남의 길로 다른 사람으로 살아가는 것과 같은 것이다.

자신의 태어남을 말하는 태어난 해와 달 날 때인 생년월일시의 시의성에는 자신의 형이상 형이하의 모든 것을 표출하고 있으며 이를 사주팔자라 한다.
사주팔자라 특별한 것이 아니며 생년월일시를 간지로 표시한 것이다.
그러니 자신의 달력과 같은 것이다.

우리가 항상 사용하는 달력은 해와 달 날 때가 표시되어 있다.
자신의 달력으로 세상의 달력과 소통하면서 살아가는 것이 선하고 바른 인생이다.
당연히 소통을 잘 하면 좋고 길한 것이며 소통을 잘못하면 나쁘고 흉한 것이 된다.
자신의 달력을 체로 하고 세상의 달력인 행운(行運)을 용으로 하여 잘 소통하면 되는 것이 이치이며 그러면 즐겁고 아름다운 세상에서 살아가는 것이 된다.
아주 간단한 것이며 명료하다.
다만 사람들이 자신을 모르고 복잡하게 생각할 뿐이며 그래서 고(苦)라 한다.

각자의 사주를 알면 자신을 아는 것과 같다.
각자의 사주와 행운의 때를 더불어 하여 활용하는 것은 당연하며 행운이 용이니 직접 사용하여 쓰는 것이다.
세상의 달력도 있지만 자신의 달력도 있으며 이를 행운이라 하고 느끼는 정도나 표출되는 것은 사람마다 때에 따라 다 다르다.

남녀의 생년과 음양의 간지와 태어난 달의 기준에 의해서 정해지는 10년의 긴 흐름인 대운과 매년 매달 매일 매시의 운이 있다.
이를 대운 세운 월운 일운 시운으로 행운이다.
운은 한자로 운전할 운(運)이다.
그러니 남이 대신하여 해 주는 것이 아니며 스스로 운전하여 운행하고 사용하는 일을 하는 것이니 이를 쓸 용(用)이라 하고 자신의 마땅함인 시의성의 사주는 체(體)가 된다.

물론 자신도 모르는 사이에 좋음이 같이하는 천재일우의 운기이나 천우신조의 운기가 올 수도 있지만 이는 기상이변과 같이 특별한 것이며 보통사람이 바라면 자신만 추해진다.

보통사람은 자신에게 맞는 선한 노력을 열심히 할 경우 운칠(運七)이 와서기삼(氣三)의 노력만으로도 노력이 배가되어 원하는 것 이상의 달성이 있는 것이다.
이것이 운칠기삼이다.

자신의 선한 길인 바른길을 가지 않으면 당연히 고통이 따르고 추해지는 것이며 선한 길을 갈 때만 즐겁고 아름다운 것이다.
그래서 사람은 자신의 인생은 자신만이 즐겁고 아름답게 살아갈 수 있는 권한을 가진 것이며 의무이기도 한 것이다.
그것이 소명이고 사명이다.

남의 길 남의 인생을 대신 살아갈 수 없는 것이며 그렇게 나아가면 욕심일 뿐 고통 속에서 추하게 살아가는 것은 마땅함의 질서이다.
누구나 가지고 있는 변할 수 없는 시의성의 성질 작용이다.

시의성의 성질은 잘 활용하고 사용하지 않으면 과하게 표출이 되어 나쁜 성질로 자동으로 나아가게 되어 고통과 흉함이 같이한다.

사람들은 과한 지나친 부분은 반드시 활용하여야 자신에게 맞고 조화를 이루며 과한 것을 잘 사용하여야 희열의 즐거움과 아름다움을 얻게 되는 것이다.

35. 십이지의 축진미술 토오행

흙은 사람이 밟고 살아가는 토대가 되고 중심이 되며 나의 땅이니 조상님도 된다.
그래서 지지의 토는 변화의 중심인 변곡점도 되기도 하고 완충 역할을 수행하기도 한다.
지지의 땅의 의미는 아주 크다.
조상님의 묘지이기도 하니 조상님의 백(魄)이 있는 영원한 집이다.

하늘의 땅인 천간의 흙인 토로 무(戊)와 기(己)와는 다른 개념을 많이 가지는 것이다.
천간의 토를 정신적인 것으로 지지의 토를 물상으로 분류하지만 정신적인 것을 많이 내포하고 있다.

자신의 기둥이기 때문이다.
지지의 토는 축(丑) 진(辰) 미(未) 술(戌) 이다.
축은 겨울과 봄의 변화를 담당하여 급격한 충격을 완화하는 성향을 지니며 가을의 창고이고 무덤인 묘지가 된다.

진은 봄과 여름의 변화를 완충시키고 겨울의 창고이며 묘지가 된다.
겨울의 창고라 속은 거의 빈 창고가 되어 채울 것이 많다.
그래서 이상도 높다.

미는 여름과 가을의 사이에서 변화를 중재하여 더위를 조절하고 급격한 변화를 중재하여 바른 결실을 위한 봄의 창고이며 묘지가 된다.

술은 가을과 겨울의 사이에서 변화를 바르게 이루어 씨가 얼지 않게 생명

유지하는 수분만 가지도록 말리는 중재의 기능을 수행하여 추위에 적응을 할 수 있도록 하는 여름의 창고이며 묘지가 된다.

여기서 보면 축은 겨울의 흙이 빙토이지만 가장 창고에는 먹을 것이 많은 것이다.

참 묘한 해석이다.

축과 진이 만나면 축진파가 되고 축과 미가 만나면 축미충이 축이 술을 만나면 축술형이 된다.

진이 술을 만나면 진술충이되고 미가 술을 만나면 미술파가 된다.

같이 사주에서 더불어 하면 좋지 못하고 배척의 거슬림을 가지는 것이다.

단 하나 진과 미인 진미는 예외가 된다.

이는 미에는 여름의 기운이 강하여 미월을 장하(長夏)의 여름이라 하고 삼복더위가 이 속에 있기 때문에 같은 성질을 가진 성향이라 할 수 있다.

축과 미는 축미 충인데 할아버지와 할머니가 되며 공간위치이다.

여기서는 부부는 처음에는 가까이하기에 먼 당신이다.

서로 마주 보는 충관계로 본다.

이것을 좌우 관계로 만드는 것이 결혼이며 부부생활이다.

다른 가문과 다른 생활에서 서로 선택하고 만나 한 기둥으로 조화롭게 만드는 것이다.

그것은 춥고 언 땅인 빙토(氷土)와 뜨거워서 넘치는 열토(熱土)가 만나 살기에 적당한 따뜻하고 생명이 잘 자라는 토로 만드는 것인데 조화롭지 못하면 자라지 못하고 깨어짐이 있는 것은 당연하다.

축진미술은 본래 각자 자리의 공간 위치도 완벽하지 못하고 반 조각만 자리를 가지고 공간을 점유하고 있다.

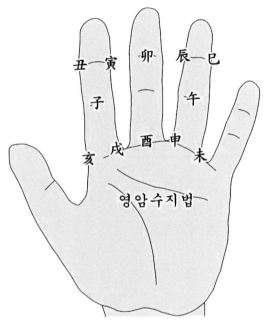

축진미술의 토 성정은 견고하고 중심이 강한 것 같지만 영암수지법의 공간을 보면 손가락의 한마디 공간을 차지하지 못하고 반 마디의 공간을 가지는 것이며 철부지의 집합들이며 실수도 많은 인사신해도 한마디를 차지하지 못하고 반공간만 가지고 서로 옆에서 나란히 하며 두 개가 모여 한마디가 된다.

그래서 자신을 낮추며 겸손으로 배우자를 맞이하면 완전한 하나가 되는 것이며 이것이 일심동체인 것이다.
그러니 아버지와 어머니도 같은 것이다.
아버지는 진이고 어머니는 술이며 위치공간을 점유한다.

아버지는 진흙인 진토와 어머니의 메마른 건토가 만나 조화를 이루어 결실로 나아가는 적당한 수분의 영양분을 가진 미토를 만들기 위함이 아버지와 어머니의 부부생활이며 결실인 자식이 잘되기를 바라는 마음이다.

할아버지 할머니 보다 자신에게 영향이 많은 자리의 공간이다 보니 당연히 아버지는 진이고 어머니는 술이다.

사주에 임진을 가지거나 특히 일주가 임진이면 아버지와 큰 정이 없는 사람이 되며 경진이면 아버지와 정이 많은 사람이 된다.
임술이면 어머니와 큰 정이 없고 경술이면 어머니와 정이 많은 사람이 되는 것이다.

사주에서 축진미술을 가진 사람은 그에 해당하는 할아버지 할머니 아버지 어머니와 특별한 연관으로 인연이 더하는 것이다.

축을 가진 사람이라면 본래는 술을 마시지 못하는 사람이지만 술을 잘 마시거나 많이 마시는 사람이 많다고 한다.
이는 할아버지가 손자를 걱정하는 마음에서 일시적으로 대신해 주기 때문이다.
술을 마실 때는 같이 마시고 집에까지 잘 데려다주고 간다.
그러니 할아버지가 가고 나면 바로 현실로 돌아와 인사불성이 되어 정신을 차리지 못하고 혼미해지는 것이다.
본래 못 마시는 사람이기 때문이다.
사주상담하면서 주중의 위치에 따라 다소 차이는 있지만 축을 가진 사람의 특징 중 하나가 술을 아예 마시지 않거나 많이 마시는 사람으로 구성이 되어 있다.

이것도 모르고 술 자랑을 하며 친구들을 다 택시에 태워주며 심지어는 집에까지 모셔 주고 본인은 집에 가니 할아버지를 더욱 힘들게 하는 것이 아닌가 한다.
그렇지만 할아버지의 마음은 내가 사랑하는 손자이니 전혀 불편해하지 않는다.

축진미술을 가진 사람은 항상 조상님께 감사하고 제사를 꼭 지내야 하는 사람이다.
조상 기도를 많이 하면 바로 본인이 더욱 좋아지는 사람이 되기도 한다.

축진미술 중 하나만이 아니고 더불어 가진 사람들은 배척하는 거슬림이 강한 충이나 파, 형을 형성하고 있다.

이는 본인 더욱 겸손하고 상대를 존중하며 특히 나를 태어나게 해준 조상님께 항상 고마워하고 감사하는 마음을 가지고 행동하면 어떠한 어려움도 이겨 나아고 성공하는 사람이 된다.

조상님이 나를 도와주는 뒷심을 가지기 때문이다.
이 이론은 다른 책에서는 보지 못했으며 영암 스님으로부터 구전으로 전수를 받았으며 영암 수지법을 보면 더욱 이해하기 쉽고 "누구나 일기 쉽고 이해하기 쉽고 배우기 쉬운 **해와 달 날 때의 사주 이야기**" 책에 수록을 한 내용을 정리한 것이다.

36. 모진 놈 옆에 있으면 벼락을 맞는다.

모진 놈 옆에 가면 벼락을 맞고 선한 사람 옆에 있으면 복을 받는 것은 진리이고 섭리인데 모진 사람 옆에 사람이 많은 것은 사람의 욕심일 뿐이라 하늘의 벼락을 맞는 것은 당연하다.

사람의 생사는 정해진 것이고 좋고 나쁨의 길흉은 하늘이 결정해 준다고들 이야기한다.
하늘이 결정해 준다는 것은 바른 질서로 이치에 맞게 자신이 행동할 때 자동으로 좋음이 만들어진다는 의미이다.

이는 자신에 맞는 일로 자연스럽게 행동하는 것이다.
모진 놈 옆에 있다는 것은 이치에 맞지 않는 억지의 욕심이 같이하기 때문에 좋음이 이루어지지 않고 나쁨의 벼락을 맞는 것이 자동이다.

자신이 태어날 때 가지고 나온 순수한 모습인 참진 모습을 자연스럽게 잘 이어서 가꾸어 나가는 것이 선이며 좋음이다.
그것이 자신에 착함이요.
선한 사람 옆에 있는 것이다.
선이란 착할 선이지만 그 기준은 자신의 착함인 것이며 아름다움이다.

사람은 자신에게 착함이라는 화두를 가지고 깊이 있게 들여다보면 멋진 결론에 도달할 수 있다.
사람마다 착함은 다 같은 것 같지만 절대 아니며 각자만의 고유의 성정 성향을 지니고 있으며 다 다른 것이다.
다 다른 것이 모여 조화를 이룬 사회가 아름다운 사회인 것이다.

그래서 자신에게 착하지 않은 불선을 가까이하면 나쁜 것이며 모진 것이고 사람일 때 모진 사람이다.
억지로 그 자리를 지키고자 하면 사고가 나고 벼락을 맞는 것도 마땅함의 변화 질서이다.

자신의 선을 무시하고 사회에서 모두가 좋아하는 것을 선이라 생각하기에 지독한 전쟁과 같은 혹독한 경쟁 사회가 되는 것이다.
하지만 각자가 자신이 품고 있는 선이 직업이 되고 생활이 되어 행동하면 원하는 바를 이루며 행복하고 즐겁고 아름다운 것으로 자신을 곧게 세우는 것이다.

모진 사람 옆에서 역동적으로 반응을 하면 큰 사고가 나서 생명이 단축되기도 하는 것이 이치이다.
주어진 생명도 다 지키지 못하는 것이다.
심한 말을 하면 모진사람 옆에 있는 것도 조화이고 선한 사람 옆에 있는 것도 조화라 본인이 결정하는 것이다.

사람은 소를 보고 우둔하다고 하지만 정작 사람이 가장 어리석고 우둔하여 이런 일을 잘도 한다.
그것은 선함으로 태어난 성선설에 근원하기 때문에 세상을 모두 선하고 좋게 보기 때문에 일어난 오류이며 실수이다.
그래서 지금이라도 늦지 않다.

자신의 근본이고 으뜸인 참진 모습을 다시 찾고 자신의 선함으로 잘 이어 가꾸어 나가면 허물이 없어 무구하다고 했다.
사람은 신이 아니기에 완전하지 않으니 실수도 있는 것은 당연하다.
그것을 알고 다시 돌아와서 행동하면 그것으로 족한 것이라 허물이 되지 않는 것이다.
돌아오지 않으면 사람이 아니고 금수와 같은 것이다.

모진 사람 옆에 가서 벼락을 맞지 않기 위해서는 자신을 바르게 아는 것
이 먼저이다.
그것은 이 세상으로 태어남의 마땅함인 시의성으로 자신을 바로 아는 것
이다.
그것으로 때에 맞게 나아가며 생활하면 그것으로 충분하며 즐겁고 아름다
운 생활이 된다.

37. 마음의 상처는 흉터인 흔적을 남기지 않는 치유이어야 한다.

물상인 신체의 상처치료도 중요하지만 마음의 상처치료는 더욱 중요하다.
흔적인 흉터까지 남기지 않는 완벽한 치료이어야 한다.
흉터까지 제거하지 않는 마음의 치료는 치료가 아니며 바르게 한 치유가
아니다.

신체의 상처는 흉터가 보여 흉하니 가능한 흔적인 흉터를 줄여야 하지만
마음 상처는 흉터가 깊은 곳에 있어 보이지는 않지만 그 심각성은 갈수록
더하다.
그 흔적으로 가슴이 아파 내내 험난하고 심각한 고통을 수반하기도 하며
자신을 슬프고 추하게 만드니 흉터인 흔적까지 없애야 하는 것이 진리이
다.

이 흉터가 남으면 나쁜 기억이 되어 잊으려 노력을 해도 잘 잊어지지 않
는 것이다.

물상인 신체의 상처나 마음의 상처 모두 단절과 제거 그리고 흉터로 흔적
을 남기지 않는 것이 최선이다.
상처라는 것은 그 현상에 맞게 단절하고 제거하며 의약품으로 치료하는
것이다.

때에 맞게 치료를 하여야 고통도 줄이는 것이며 때를 놓치면 고충도 심하
고 치료도 잘되지 않아 흉터도 더욱 많이 남기는 것이 생리이다.
특히 마음의 상처는 제거도 잘하고 때에 맞는 치료도 아주 중요하다.

상처가 속 깊이 남는 것이라 깊이까지 흔적을 없애는 것이다.

그 상처의 흉터는 보이지 않지만 마음속의 상처라 가면 갈수록 자라기 때문이다.
신체의 흉터는 때가 지나면 희미해지며 흔적이 줄어드는 것이 섭리이지만 마음의 상처는 마음속에서 자라기에 더욱 문제인 것이다.

마음의 상처는 기준이 명확하지 않으면 치료가 불가능하다.
그 기준은 상대의 기준에 의해서 치료를 하여야 하는 것 같지만 자신의 기준에 의한 것이다.

그 근본의 발생을 자신에게 있다고 보는 것이다.
상대에 있다고 보면 절대 풀리지 않으며 치유되지 않는다.

그뿐만 아니라 지금 발생한 현상만 보면 원인을 정확하게 파악하고 분석할 수 없어 핵심인 정곡으로 풀지 않았기 때문에 일시적으로 풀리는 것 같지만 풀리지 않은 것이며 겉만 치료한 것처럼 임시변통의 처방으로 바른 것이 아니다.

마음의 상처 의약품은 자신이다.
그래서 자신의 본모습인 참진 모습에서 접근을 하는 것은 당연한 치료법이다.
자신에게 선한 것이 무엇인지에서 접근을 하는 것이다.
나에게 선한 것은 상대를 불선으로 절대 만들지 않는다.
당연히 상대도 선하게 만드는 것이다.
선은 착할 선으로 자신에게 착한 것이며 상대에게도 착한 것이 된다.
이것이 아름다움이다.

불선이면 자신에게 선하지 않는 것이며 즐겁지 않아 나쁜 것으로 흉이 되고 추하게 되어 악이 된다.

악이니 상대에게 당연히 좋지 못한 것이다.
괜히 마음 넓은 사람이라고 스스로를 칭하며 상대의 입장을 생각해 주는
것 같이하면 오히려 더 꼬이며 혼탁 된다.

상대는 상대의 입장인 기준에서 푸는 것이다.
그러면 조화롭게 되어 있다.

자신의 본 모습을 잘 가꾸어 힘차게 나아가는 정열적이고 적극적인 모습
이 희열의 즐거움이고 그것을 바라보는 세상이 아름다운 것이다.
이것이 진선미이고 자신의 바른 생활이다.

사람은 누구나 실수가 있는 법이다.
그것은 완벽한 신이 아니기 때문이며 욕심이라는 것이 존재하기 때문이
다.
욕심은 자신의 살아있는 욕망이기도 하다.
그러니 상처가 생기는 것도 당연하다.

그렇지만 너무 멀리 가 큰 강을 건너지 않고 돌아와 고치고 다시 시작하
면 허물이 없다고 했다.
허물이 상처의 흉터인 것이다.
그래서 고치고 바르게 나아가면 흉터가 생기지 않는 것이다.
이는 성인의 말씀이고 진리이다.

마음의 상처의 치료방법은 자신의 기준에 의한 것이며 그것이 자신의 마
음대로가 아니며 자신의 참진 모습에서 발생한 선한 마음으로 행동하는

것이다.

그래서 자신을 수시로 점검하고 상처가 깊어지기 전에 고치고 바로 하여 나아가는 것이며 그것이 자신의 선한 생활이며 자기성찰이고 자기반성이다.

조상님인 성인께서 점검 일도 구체적으로도 정해 주셨다.

그만큼 자신을 바로 하는 것이 아주 중요하다는 의미이다.

최소한 일주일에 하루는 점검하는 날이다.

하루를 보면 일곱 시간에 한 번이다.

쉽게 이야기하면 8시간의 일하는 시간에 한 시간은 점검시간이 된다.

38. 마음에 걸린다면 다시 생각하자.

하는 일이 평소와 다르게 마음에 걸린다면 그것은 신중하게 행동하라는 징조이며 조짐이다.
그것을 모르고 행동하다가 망신을 당하거나 실패를 하는 것이다.
이런 현상들은 다 때의 흐름에서 오는 것이다.

사람은 때에 따라 태어나고 때에 따라 살아가는 운명을 지니고 있기 때문에 때를 무시하면 험난함의 고충과 추함이 같이할 수 있다.

항상 일상에서 익숙한 잘하는 일이며 눈 감고도 할 수 있는 일이라도 잘 되지 않는 때가 있다.
반대로 평소에는 참 이루기 힘든 일이고 하면 실패를 하는 일이라도 때를 잘 만나면 이루어지게 되는 것이 현실이다.
이것이 자신의 주어진 환경을 잘 활용한 생활이며 행동이다.

이런 현상들 중 본인에게 영향이 많은 일들은 대부분 다 조짐의 징조로 알려주는 것이다.

그래서 마음에 걸림이 있거나 무언가 평소와 다른 조짐이 있다면 반드시 다시 한 번 신중히 하고 재검토하여 이루지 못할 때 아름답게 돌아올 수도 것도 계획하고 그 일을 시작하여야 한다.
걸림이 있다는 것은 좋음보다는 나쁨을 예고하는 징조가 많으니 이를 살펴보지 않으면 사고가 나는 것이 섭리이다.

징조나 조짐은 미세하게 내재된 진동을 느낄 수 없을 정도의 작은 움직임 현상이지만 이를 무시하지 않고 여유의 예감만 있으면 아주 잘 느낄 수 있다.

환경의 변화가 일어 좋은 기운이 자연스럽게 일어나는 것은 참 좋은 것이
며 좋음으로 되어가는 과정의 조짐이고 징조이다.
물론 흐름이니 사리지는 것이 이치이다.

그러니 이를 습관화하여 성취하는 것이 크게 좋은 운을 지속적으로 얻는
것이며 때를 잡는 것이라 한다.
자연스럽게 조짐으로도 오기도 하지만 스스로도 만들 수 있는 것이 변화
질서이다.

좋은 조짐들을 습관화하여 좋은 습성으로 만들면 좋음의 징조가 자연스럽
게 만들어 지는 것이 섭리이다.
그래서 조짐들을 살펴본다.

평소와 다르게 매사에 의욕이 넘쳐흐르며 모든 일을 긍정적으로 보고 적
극적인 사람으로 변화하는 조짐이다.
능동적인 사람으로 변화되어 타의가 아니고 자신이 알아서 먼저 일을 하
니 몸과 마음에 여유가 생기며 피곤함이 없어진다.

현재가 어려운 극한의 상태라도 포기 않는 힘이 생기는 조짐이다.
무언가는 잘 모르지만 자연스럽게 능력이 발동한다.
과거와 같이 나약하고 지쳐서 포기하고 싶은 심정은 사라지며 활력이 생
긴다.
그러면 극즉반이라 좋은 조짐이 나타나기 시작하는 것이다.

웃음이 많아지고 얼굴에 광채가 나며 화장을 하지 않아도 아름다워지며

아픈 사람이라도 활력이 생기는 조짐이다.
그러니 건강이 회복되는 것이며 회복되지 않더라도 지금의 상태를 오히려 감사하는 마음이 생기니 다 나은 것이나 다름이 없다.

관계가 단순 명료해지며 쓸데없는 고민들이나 근심이 없어지고 좋은 인연이 생기는 조짐이다.
나를 귀찮게 사람을 포함한 만물들이 자연스럽게 정리되어 자신에게 불선의 사람들과 인연들이 없어지며 주위에서 나를 도우고자 하는 귀인들이 모이니 새로운 선한 인연들이 생긴다.

시기심이 없어지고 소통하는 조짐이다.
주변이 잘 되어가는 모습을 볼 수 있으며 예전에 남의 잘되는 것을 보고 배 아파하면서 시기한 모습이 없어지고 소통하면서 칭찬하고 같이 즐긴다.
그러니 내가 키우는 작물도 잘 되며 회사도 잘 되는 것이다.

자기성찰의 조심이다.
예전과 다르게 자신이 살아온 길을 돼 돌아보며 반성도 하고 자기성찰을 하여 선덕하고 후덕한 사람으로 변하며 성격이 부드러워진다.
그러니 세상을 보는 눈이 달라지는 것이며 오만이나 교만하지 않고 매사 겸손으로 나아가니 자신을 낮출 줄 알게 되는 여유로운 사람이 된다.

베풀 수 있는 조짐이다.
가진 것이 없더라도 마음이 부자가 되어 인색함이 없어지고 베풀 줄 아는 사람으로 변화된다.
자연스럽게 좋은 봉사활동을 하며 보시를 하고 종교를 가지기도 한다.

조상님과 나를 이 자리에 있게 해준 고마운 분께 감사하며 존경하는 조짐을 가진다.
과거와 다르게 현재에 대해 고마워하고 감사할 줄 알며 나를 이 세상으로 태어나게 해준 조상님 부모님과 나를 이 자리에 있게 해준 모든 분을 공경하게 된다.

이런 현상들이 자연스럽게 나에게 오는 조짐이 되면 그 이상 더 좋은 것은 없다.
이를 잘 알고 활용하며 나아가 성취하면 아주 좋은 흐름을 내가 취하는 것이다.

그러면 이런 운이 오지 않을 때는 어떻게 하면 좋은 될 수 있는가도 아주 중요하다.
반드시 좋은 운이 있으면 나쁜 운이 존재하는 것이다.
나쁜 운을 좋은 운으로 변화시키거나 피하는 것이다.

주역은 심서로 그 속의 64괘는 사람이 살아가는 도리에 대해서 설명을 하고 있으며 각각 험난함의 처지에 대해서 어떻게 나아가면 길하게 되는지 대해서 명확하게 설명을 하고 있다.
그것을 각지기소지(各指其所之)로 가지고 오면 된다.
각자의 손가락이 가리키는 바대로 나아가는 것이다.
그것이 각자의 길인 도리(道理)이다.

태어난 해, 태어난 달, 태어난 날, 태어난 때의 시의성인 사주와 그 사주가 표출하는 때에 맞게 나아가는 것이다.
그러면 대길한 것이다.
크게 좋은 운이 되는 것이다.

각자 시의성의 좋은 운을 잘 알고 때에 맞게 선하게 나아가면 아름다운 미의 세상에서 즐겁게 희열을 느끼며 살아간다.

시의성인 각자의 그릇이 어떤 그릇인지도 모르고 음식을 담을 맞는 때도 모르면 당연히 음식을 맛있게 먹을 수 없는 것이 이치이다.
그러니 좋은 징조나 조짐도 모르게 되는 것이 이치이다.

좋은 징조나 조짐을 모르는 것은 나아갈 때와 멈춤의 때까지도 모르기에 망신을 당하고 실패를 하고 험난하고 추한 세상에서 살아가는 것이다.

자연스럽게 자신에게 좋은 징조나 조짐이 충분히 올 수도 있다.
자신이 가진 간지오행이라는 것이 순환하는 변화질서를 가지기에 사람에 따라 횟수와 폭이 다른 구조이지만 다 있는 것이 섭리이다.
이와는 별도로 천우신조의 운기와 천재일우도 기운도 있다.
그리고 자신이 노력으로도 얼마든지 좋은 기회를 만들 수도 있는 것이다.

39. 삼재는 자연현상을 사람에게 가지고 온 것이다.

삼재를 많은 사람들이 알고 있지만 어디에서 원리나 현상을 가지고 온 것인지에 대해서 들여다본다.

일반적으로 백과사전이나 역사학적으로 보면 잘못된 오류가 있다.
삼재에 대한 것을 공부하면서 추적을 해 보니 명확한 근거를 가진 이론임 알게 되었다.
백과사전이나 역사적으로 볼 때 오류가 있지만 배척하지는 않겠다.
그렇게 만든 것이 사람이기에 할 수 없는 일이다.

불가, 도가, 민속신앙, 무속인들이 오랜 역사 속에서 삼재기도, 삼재풀이, 삼재풀이 액막이, 삼재 부적을 만들어 사용을 했고 지금도 하고 있다.
이것으로 수입을 얻어서 생활에 도움이 되고 삼재가 든 사람은 이것을 믿음으로 자신이 강하게 되어 삼재 기간을 잘 넘기면 서로가 좋은 것이라 탓할 이유는 없다.

삼재는 세 가지의 큰 재해를 이야기한다.
하늘과 땅 사람의 세 가지 재해이다.
이를 천지인의 재해라 한다.

천의 대표적인 재해는 바람으로 인한 것이다. 지의 대표적인 재해는 물에 의한 재해이며. 사람으로 인한 대표적인 재해는 불이다.

항상 은택은 좋은 것이 있고 재해라 하는 나쁜 것이 있다.
이것을 양면성이라 한다.
바람은 세상 곳곳에 영향이 미치지 않는 곳이 없다.

좋은 바람이 없으면 사람이나 만물이 생존하지 못한다.
하지만 화를 내어 심하게 불면 태풍이 된다.
그러면 큰 재가 되어 만물이 다 날아가 버린다.
이것을 가장 큰 풍재라 한다.

물은 땅과 더불어 하는 성정을 가지고 있다.
물은 생명이다.
물이 없으면 사람을 포함한 만물의 탄생은 없다.
이것은 물의 좋은 모습이고, 비가 많이 오거나 둑이 터지면 홍수가 난다.
큰 수재는 험난함이 되는 것이다.

불은 사람이 살아가는 네 편안함을 주지만 노하면 화재를 일으켜 산불이
발생하고 집이 탄다.
큰 재해가 되어 사람을 포함한 만물이 순간적으로 사라지는 것이다.
불이란 땅 위에 있는 것을 하늘로 올려 보내니 천과 지 사이에 인이 하는
것이다.
이를 큰 화재라 한다.

이 모든 것 천지인은 관계는 사람의 중심에서 보며 운용하는 것이다.
삼재의 자연현상을 사람과 연관하는 것이 삼합(三合)과 방합(方合) 이다.

사람의 생체리듬은 크게 30년 주기로 변하는 것이 있고 12년의 주기로
변화하는 것이 있으며 10년의 주기로 변하는 것도 있다.
그것을 운이라 한다.
실제는 태어나면서 가지고 나온 생년, 생월, 생일, 생시의 때인 생체리듬
의 주기이다.

이 중에 삼재는 12년의 주기인 지지와 연관이 된다.
3개씩 이루어지는 같은 기운의 시작과 왕성하고 사라질 때까지의 기운을
모은 것이 삼합이며 해묘미 신자진 사유축 인오술이다.

해는 목의 기운이 시작이며 묘는 목의 기운이 왕성할 때 미는 목의 기운
이 창고에 저장되고 폐색되어 묘지 속으로 사라지며 들어가는 시기이다.

신은 수의 기운이 시작되는 시기이고 자는 수의 기운이 왕성한 시기이며
진은 수의 기운이 창고에 저장되고 폐색되어 묘지 속으로 사라지며 들어
가는 시기이다.

사는 금의 기운이 시작하는 시기이고 유는 금의 기운이 왕성한 시기이며
축은 금의 기운이 창고에 저장되고 폐색되어 묘지 속으로 사라지며 들어
가는 시기이다.

인은 화기가 시작하는 시기이며 오는 화의 기운이 왕성한 시기이고 술은
화의 기운이 창고에 저장되고 폐색되어 묘지 속으로 사라지며 들어가는
시기이다.

계절의 기운을 방합이라 하며 해자축 인묘진 사오미 신유술이다.
이는 방향을 의미하기도 한다.
해자축은 북방이며 인묘진은 동방, 사오미는 남방, 신유술은 서방이다.
계절로 보면 겨울, 봄, 여름, 가을이며 같은 기운이다.

사람의 생체리듬은 12년 주기로 변화하는 데 내 힘이 시작되어 서서히
강하게 되었다가 약해지는 것이다.
그래서 종시의 원리가 여기도 적용이 된다.

끝과 시작이 반복되는 것이 순환이다.
반드시 다시 시작 전에는 준비가 필요하다.

4단계로 나누는 것이 지금도 일상화되어 있다.
역사 이전의 단계에서도 그렇게 해 왔다.
자연의 섭리이기 때문이다.
12년을 3으로 나누면 4분기가 되는 것이다.
3분기인은 9년을 잘 살았으면 나머지 1분기인 3년은 사용한 것에 대한
보충을 하고 재정비를 하여야 해인 것이다,
그렇게 하여야 다시 12년의 시작을 잘 할 수 있는 것이다.
이것이 25% 이론이다.
2022년인 예를 들면 임인년이다.
인년이기에 방합으로 보면 인묘진이다.
신자진과 연관이 되도록 되어 있다.

신년, 자년, 진년에 태어난 사람은 수기의 성분이다.
그러면 인년, 묘년, 진년이 삼재가 되는 것이다.
나의 기운인 수기를 마무리하는 3년이라는 이야기다.

한 주기를 시작한 것을 마무리해야 하는 때에 경거망동하면 되지 않을 것
이다.
그러면 큰 재해가 일어나고 사고가 난다.
그것을 삼재라 한다.

겸손하며 수행하는 자세로 내 몸을 치료하고 정비한다.
조금 있으면 다시 시작을 해야 하니 새로운 지식을 습득하고 내실을 기해
야 하는 때로 수성의 시기이다.

이런 원리와 현상으로 만들어진 것이 삼재이다.

나의 기운 아무리 충만 되어 있다고 하더라도 9년을 사용했으면 휴식하면서 조용히 충전할 때가 아닌가 한다.

그것이 자연의 법칙이며 섭리이다.

내가 약해지면 나를 치려는 것이 많을 수밖에 없다.

신자진은 임묘진이다,

항상 끝나는 해는 같다.

이것이 단순한 원리가 아니고 사람이 중심이 된 자연의 조화이다.

해묘미는 사오미, 신자진은 인묘진, 인오술은 신유술 이렇게 항상 끝이 같은 것이다.

다른 이론에서 삼재를 보면 삼재가 시작되는 해에는 마지막 발버둥을 치다가 다음 해에 내 몸이 상하고 그래서 그다음 해에는 화려함을 덮고 마는 것이다.

이것이 역마, 육해, 화개이다.

과거에는 역마살 육해살 화개살이라 했다.

삼재는 미신이 아니라 나의 몸에 대한 물상적이고 시간적인 현상으로 설명할 수도 있지만 이는 단순한 물리적인 시간적 개념을 넘어서 정신적이며 철학적인 것이다.

그래서 삼재기도나 삼재풀이 삼재액막이 민속적 신앙도 생긴 것이며 삼재부적 내가 믿으면 다 좋다.

믿지 않으면 전혀 필요 없는 것이다.

내가 믿는다는 것은 나 자신을 위한 것이니 당연히 좋지만 믿지 않으면 자신에게 전혀 도움이 되지 않기 때문이다.
이때에는 조심을 해야 하는 때임은 분명하다,

식당에서 무리하게 일만 하다가 화상을 입는다.
이는 인재이다.
해수욕장에서 놀다가 익사를 할 수 있다.
이는 수재인 것이다.
요즈음 잘 없지만 벼락을 맞거나 태풍이 부는 날 밖에 나돌다가 간판이
떨어져서 크게 다치는 경우도 있다.
풍재이다.
삼재는 한마디로 조심이다.

이 기간에는 보약도 먹고 적절한 운동도 하고 내 몸과 정신을 강화 시키
면 된다.
물론 무리한 운동이나 힘이 드는 등산은 좋지 않다.
사업의 확장이나 신규 사업의 시작 이런 것도 좋지 않은 때이다.

사람은 살아감은 움직일 때 멈출 때를 아는 것이다.
그러면 편안하다.

조상님께 보니 이 시기에 큰 사고 가장 많이 나기에 이해하기 쉽도록 자
연현상에서 큰 재해인 풍재 수재 화재를 가지고 와서 비유하여 삼재를 만
들어 이해하기 쉽도록 했다.

40. 흰색의 시대는 지나고 검은색의 시대에서 살아간다.

흰색의 시대는 지나고 검은색의 시대인 지금은 자신의 지혜로 살아가는 때이다.
그것은 검은색이 상징하는 것이 지혜이기 때문이다.

흰색 시대는 온 세상이 백색의 세상을 말한다.
당연히 빙하기를 두고 하는 말이다.
빙하기가 지났으니 흰색의 시대는 지난 것이다.

흰색은 견고하고 딱딱함의 상징이며 유연성도 없는 순수한 색상이다.
견고한 시대인 빙하기는 조화가 필요 없는 시대다.
하지만 지금의 시대는 조화의 시대이다.
조화롭지 못한 독불장군은 살아갈 수 없는 시대이다.

그래서 항상 움직임을 상징하는 에너지인 불의 화(火)가 필요하다.
불의 에너지가 다 타고나면 세상에 남는 것은 재이며 당연히 검은색이 된다.

진리를 움직여 태워서 만든 지혜가 재이며 검은색이다.
그것이 빙하가 녹은 물인 수(水)이다.

불은 아무리 위대하고 힘이 강해도 물을 이길 수 없다.
남은 재를 보아도 잘 알 수 있지만 물이 불을 제압할 수 있는 것이 진리이기 때문이다.

불의 힘이 일시적으로 이길지라도 그것이 증기로 화해 다시 물로 변화되어 지상으로 내려와 불을 끄는 것이 섭리이다.
그래서 오행의 상생상극에 있어 물이 불을 극하는 것이다.

세상의 진리를 자신의 지혜로 만들어서 세상을 보면 잘 보이게 되어 있으니 이 세상이 아름다운 광명의 세상이며 그렇지 못하면 암흑의 세상이 되는 것이다.

그냥 사실만으로 바라보면 내일을 볼 수 없는 암흑천지인 것이다.
하지만 지혜로 진실을 보면 자신에게 선한 길이 잘 보이는 온통 아름다운 밝은 세상이 된다.

검은색은 물을 상징하는 수의 색상은 만물의 탄생을 주도하는 탄생 수이며 지혜를 말한다.

빙하기의 얼음을 녹이는 데는 반드시 에너지가 필요하였다.
그 에너지로 빙하기가 사라진 것이다.
물론 흔적은 남아 있다.
극지에서 있는 것이며 남극과 북극이다.

빙하기의 흰색 시대는 견고하며 움직임이 필요 없지만 조화의 시대는 에너지가 항상 필요한 것이 섭리이다.
그래서 지구에는 해와 달이 있는 것이다.

해는 달에 비해 400배가 크고 지구에서 보면 달의 위치보다 400배 멀리 있으니 지구의 위치에서는 당연히 크기가 같은 것이다.

이것이 음양이 되었으며 항상 움직이며 밤낮이 변화되는 음양의 기 에너지가 되었다.

그래서 모든 만물을 음양으로 표출하고 그 움직임을 오행이라 한다.
물을 사람의 눈으로 볼 때 결코 검은색으로 보이지 않는다.
하지만 우리 조상님께서는 검은색이라 하였으며 지금까지 역에서는 그렇게 사용하고 있다.
이는 억지로 만든 것이 아니다.

사람의 속이나 깊은 물속은 보이지 않아 알 수 없으니 검은색인 것이다.

세상의 이치를 말하는 천자문의 첫 넉 자가 천지현황(天地玄黃)이다.
하늘 천 따 지 검을 현 누룩 황이다.
천자문은 넉 자씩 구성되어 250개의 문장이며 이를 가락이 있는 시조가 되었다.

그기에 으뜸의 문장이 천지현황이다.
하늘과 땅 검은 색과 누른 것이다.
하늘과 땅 사이에 세상은 검은 색이며 누른 것이니 사람이다.
그래서 천지인을 말하며 세상이 검다는 것을 이해하기가 난해한 것 같지만 간단한 진리이다.

천자문을 누가 만들었다는 것은 중요하지 않다.
우리의 조상님이 천지를 자각한 이치에서 표현된 것이기 때문이다.
그 속에 있는 것이 천자문이다.

역사는 승자의 편이기에 논할 필요가 없다.
한자를 우리의 것이라고 충분히 생각해 볼 수도 있다.

물론 화하족인 한족이 발전시킨 것이 사실이다.

그것도 검은 것이라 사실로 보면 암흑이지만 지혜로 보면 밝아 잘 알 수 있다.

우리나라를 상징하는 것이 백의의 민족이라 흰색을 상징하여 소통이 잘되지 않는 사람들로 구성이 되어 있는 나라로 더욱 요란하고 남북으로 갈라진 것이 아닌가 한번 생각해 보게 한다.

다른 측면에서도 볼 수 있다.

역시 소통인 것이다.

우리 조상님인 태호복희의 팔괘는 천문사괘와 지리사괘로 구성이 되어 각각의 위치에서 자리를 지키며 소통이 잘되도록 되어 있었다.

그런데 우리나라의 태극기에서는 지리사괘는 사라지고 천문사괘만으로 구성이 되어 있어 표면적으로만 소통이 잘 되는 구조이지만 천문사괘만 있고 지리사괘는 없으니 근본으로는 소통이 되지 않는 구조이다.

그런 이유에서 남북으로 갈라진 것이기도 하다.

지금은 조화롭게 살아가야 잘 사는 세상이며 즐겁고 아름다운 세상으로 살아가기 위해서 순수함인 백색만으로 고집을 피울 시기는 아닌 것 같다.

빙하기에서 살아갈 수 없는 만물의 이치를 알면 족하다.

그래서 오행으로 물인 수를 겨울에 배속한 것이다.

빙하기에서 온 것이기 때문이다.

41. 수족으로 조화를 이루기 위해 수발을 하는 것이다.

이 세상을 아름답게 살아가는 방법은 욕심이나 욕망이 아니고 자신의 발을 보고 그기에 기준하여 잘 가꾸는 것이다.

그리고 자신의 손가락이 가리키는 바대로 자연스럽게 발을 의지하며 나아가는 것이 자신의 바른 길을 가게 되는 아주 간단한 진리이며 질서이다.

그것이 자신의 손발의 조화이니 즐겁고 아름다운 것이다.
그래서 수족(手足)이며 손발을 사용하여 수발을 잘 하는 것이다.

아무거나 수발하는 것이 아니고 자신과 맞는 선한 것을 하는 것이 수발이다.
자신의 손발이 맞지 않는 수발은 잘못하는 수발이라 노력을 하였지만 헛수고가 되어 오히려 추해 보이는 것이다.

그래서 수발이란 단어를 사전에 찾아보니 "신변 가까이에서 여러 가지 시중을 듦" 으로 간단하게 되어 있다.
신변 가까이에서라는 말이 자신이 아니고 남으로 인식하기 수월하지만 역에서는 자신이 먼저이다.

자신에게 자신의 손과 발인 수족으로 수발하는 것이다.
수족으로 자신을 수발하지 않으면 일을 할 수도 없고 길을 갈수도 없고 스스로 먹을 수도 없다.
아무것도 행동할 수 없다.

자신에게 시중을 잘 들면 즐겁고 아름다우며 여유가 생기고 그것으로 세상에 시중을 들어 세상을 아름답게 하는 것이다.

세상살이의 기준은 자기 자신이며 그래서 자신의 인생 삶인 것이며 절대 대신할 수 없는 것이다.
자신의 기준은 발을 보고 생각하면 된다.

그러면 자신에게 조화롭고 세상은 자동으로 조화롭게 되어 있는 것이 섭리이고 이치이다.
자신이 즐겁고 아름다우면 자동으로 세상도 아름다운 것이 이치이다.

발은 가장 밑바닥의 낮은 위치에 있으며 작다.
하지만 자신의 큰 몸의 모든 것을 받쳐 주면서 사신을 의시하도록 수발을 잘 하고 고된 일도 하면서 살아간다.
마음이 시키는 대로 순응하고 인내하면서 말없이 나아간다.

그래서 인지 욕심이 과함을 이야기 할 때 자주 사용되는 단어가 발인 족(足)이다.
발을 보고 행동하면 그것으로 족하다는 것이다.
충분하다는 말이다.
그래서 충족(充足)되는 것이며 만족(滿足)한 것이다.
다 발 족(足)이 사용되어 있다.
이 이상이면 욕심이 되는 것이다.

욕심으로 나아가면 발이 혹사당하여 마음이나 몸을 지탱하지 못하게 하는 것이 마땅함의 질서인 것이다.
과 중량인 것이다.
중량오버인 차량은 제 속도로 나아가지 못하고 얼마가지 않아 고장이 나거나 사고가 나게 되는 것이다.

사람의 몸에서 항상 가장 낮은 위치에 있고 말이 없는 발이지만 발에 대해 고마움을 표시할 줄 알고 손발이 조화를 이루도록 하여야 하는 것은 마땅함의 행동이다.

손발이 힘이 들고 조화롭지 않을 때가 가장 험난할 때가 된다.
그래서 매사 어긋날 때를 "손발이 맞지 않는다."고 한다.
다 지쳐 있기에 서로를 생각하고 보조를 맞출 능력을 잃었기 때문이다.

정상적인 손발은 발을 보고 손이 움직이는 것이며 손을 보고 발이 나아가는 것이다.
각각 놀면 당연히 손발이 맞지 않는 것이다.
발이 힘들면 손이 움직이지 않고 손이 힘들면 발로 나아가지 않는 것이다.
그것이 손발의 조화이며 맞는 것이다.
수족으로 바르게 수발하는 것이다.

42. 옳은 것은 선한 것이며 옳지 못한 그른 것은 불선이다.

옳은 것은 선한 것이며 옳지 못한 그른 것은 불선이다.

세상의 전체적인 개념으로 둥글 뭉실하게 보면 옳고 그름이 흐려진다.
범위가 너무 넓어 잘 인식하기도 난해하고 세상에 선한 것이 한 개인의 선함과 꼭 일치하라는 법은 없다.

선이란 자신에게 착한 것이며 즐겁고 아름다움으로 표현되는 길한 것이다.
불선은 나에게 나쁜 것이며 스트레스와 추한 것으로 표현되고 흉이 되며 나아가 악이 된다.

선으로 행하고 불선으로 행동하지 않는 것이 자신이기 때문에 자신의 기준인 것은 간단명료한 것이다.
그래서 자신에게서 찾아보아야 하는 것이 원리이며 원칙이고 바른 질서가 된다.
그래서 옳고 그름은 자신에게서 찾는 것이다.
그것이 나아가면 세상의 옳고 그름이 자동으로 되며 세상의 선과 악도 되는 것이다.

자신의 기준이며 자신에게서 찾아야 한다고 자신 마음대로라 생각을 하면 가장 큰 착각이 된다.
그것도 간단명료하게 변화 질서로 이 세상에 오면서 정해져 있다.

시시각각으로 사람이 태어났으니 사람이 수만큼이나 많은 가지각색의 마땅함을 가진 자신의 참진 모습이며 순수한 모습이 있다.

순수한 모습이라 사람은 모두 같은 것이 아니라 사람의 수만큼이나 순수한 모습도 마땅히 다른 것이다.

자신만의 순수한 참진 모습으로 바르게 행동하는 것이 선이며 행동하지 않는 것이 불선이다.
그러니 선한 것은 옳음이고 불선을 그름이다.

세상에 선한 것이 먼저가 아니고 자신에게 선한 것으로 나아가면 세상의 선한 것이 되는 것이다.
그것이 세상과의 조화이며 이는 자동이다.

먼저 세상에 선한 것으로 너도나도 나가면 더욱 경쟁이 되고 망신을 당하기도 하며 허사가 되어 실패를 하는 것이다.

나라의 구성이 나에서 시작하고 그다음이 가족인 가정이고 그다음이 공동체인 일터 그리고 나아가 사회가 되고 국가가 되며 이어지는 순행의 선한 구조이기 때문이다.
이를 동양적 사고라 한다.

먼저가 국가이며 나아가 개인인 내가 되는 역행의 구조가 되면 억지가 생기며 구속이 발동되며 자연스럽지 못해 불선으로 추하게 되는 것이다.

사람은 선하게 활동하도록 태어난 성선설에 기인하기도 한다.
그것이 확대되어 국가가 되는 것이다.

사람은 태어날 때의 깨끗하고 순수함의 참진 모습으로 선하게 살아가는 시스템으로 되어 있지만 자라면서 변화되는 것이다.

그것이 가문이고 교육이고 직업이고 결혼이고 습관이고 욕심의 생활이다.
이런 과정이 자신에게 착함으로 선하게 나아가면 그것은 당연히 옳고 좋음이며 즐겁고 아름답게 살아가게 되는 것이다.

여기에서 선하게 살아가는 구조로 되어 있지만 부족함이 많은 것이 이치이다.
신이 아니기에 완벽하지는 않는 불완전한 구조인 것이다.
열 개를 가져야 하는데 여덟 개만 가지니 사람의 팔자라 한다.
그것도 다 다르게 가져야 여덟 개를 골고루 가지지만 중복으로 가지는 사람이 많으니 과한 것도 있고 부족한 것도 있는 것이다.

이를 각자의 성성이라 하며 그 속에 성질도 있게 되는 것이다.
이를 각자가 태어날 때의 마땅함으로 가지고 나온 시의성이며 이를 쉽게 이야기하면 업상이며 사주이다.

성정 속에 있는 성질은 과하거나 부족할 때는 특히 통제하지 않으면 성질을 부리게 되는 것이다.
그것이 불선으로 이어지게 되어 있다.
그것이 때나 사람을 만나 마치 용수철같이 자신의 주변을 돌며 더욱 세차게 불선으로 발동을 하는 경우가 더욱 많은 것이다.

그래서 자신의 참진 모습에서 다르게 나아가면 본인 자기성찰이나 수행을 통해서 잘못이 있으면 반성하고 이탈하지 않도록 고치고 다시 나아가는 것이 자신에게 착함인 선한 행동이며 즐겁고 아름답게 살아가는 것이다.
불완전한 사람이니 고치고 돌아오면 흉이 없다고 했다.

그렇게 하지 않고 방치하거나 오히려 동조하거나 끝없는 욕심으로 불선의 길인 그른 길로 가서 자신에게 나쁜 일을 하면 이루는 것이 없어 추하게 되고 흉이 되며 악이 되는 것이다.
당연히 사회나 국가도 추한 사회 추한 국가가 되는 것이다.

사람은 가지각색이라 돌아오기 수월한 사람이 있고 힘든 사람도 있다.
이는 업상이라 어쩔 수 없지만 노력으로 극복은 가능하다.

그것이 수양이며 자신을 바르게 아는 노력이다.
자신을 참진 모습으로 바로 알고 수양을 통해서 선의 옳음으로 행동하면 그것으로 족하다.
그러면 즐겁고 아름다운 세상인 것이다.

즐겁고 아름다운 것은 적극적으로 얻는 것이니 희열의 즐거움이고 정열적으로 행동하니 그 모습이 아름다운 것이다.
그 이상 다른 것은 필요가 없다.

이 세상에 온 소명을 충분히 완수하는 것이다.
이 세상은 자신에게 착함이 선한 옳은 행동을 할 때 자신을 정하는 바른 삶이 된다.
자신에 착하지 않은 불선으로 그른 행동을 할 때 정하지 못하는 삶이며 그른 삶이 된다.

43. 인생 삶을 즐겁고 아름답게 살아가는 것은 별것 아니다.

자신의 인생 삶을 즐겁고 아름답게 살아가기 위해서는 별것 필요 없다.
나의 길을 내가 그냥 걸어가면 그것으로 족한 것이다.

정열적이며 적극적으로 즐기면서 살아가면 된다.

고민이나 미래에 대한 불안 이런 것은 필요가 없다.
자신의 마땅함인 시의성을 바로 알고 그냥 때에 따라 그 길로 정열적이며
적극적으로 나아가면 즐겁고 아름다운 것이다.
그것이 성취감 느끼는 희열이기 때문에 미래도 밝은 광명인 것이다.

누구나 태어난 해와 달 날 때에 따라 시시각각으로 다르게 태어났으니 가
지각색의 선택된 사람으로 오로지 자신밖에 없다.
그러니 다 다른 그릇으로 가지는 것이며 좋아하는 음식도 다르고 먹을 때
도 정해지어 다른 것이다.

밥그릇에 밥을 담고 국그릇에 국을 담는 것이고 반찬 그릇에 반찬을 담는
것이며 그렇게 하여야 추하게 보이지 않고 아름답게 보이는 것은 당연하
다.
용도가 있다는 의미이다.
자신의 그릇에 담을 음식도 맞게 선택하여야 하는 것은 마땅함의 질서이
다.
거북이 등같이 엉금엉금한 대그릇에 국을 담을 수 없는 것이 이치이다.
그것은 노력이 허사가 됨을 의미한다.

그리고 때에 맞게 음식을 먹어야 맛있게 즐기면서 먹을 수 있는 것이다.
때를 놓치면 상한 음식을 먹을 수도 있으니 적당한 때가 가장 맛을 더하

여 풍미가 있는 것이 이치이다.
용도가 맞는다고 하더라도 때를 알지 못하면 추하다는 의미이다.

물론 차에 비유하여 설명을 할 수도 있다.
차의 종류도 있으며 길도 있는 것이고 운전할 때도 있는 것이다.
고급 승용차의 벤츠도 있고 소형의 승용차도 있고 화물차도 있고 버스도
있고 승합차도 있는 것이다.

넓은 고속도로도 있고 좁은 동네 길도 있고 비포장 길도 있고 힘든 비탈
길도 있는 것이다.

그리고 운전하고 나아갈 때도 있는 것이다.
한 시간이면 갈 길도 때를 잘못 만나면 몇 시간이 걸릴 수도 있는 것이
섭리이다.

그릇이나 차는 자신의 몸인 체(體)가 되고 음식이나 길의 종류는 자신의
에너지인 영양분이며 먹는 때나 차가 가는 때는 자신을 작용하는 용(用)인
것이니 행동하며 운행하는 때의 시각인 시점인 것이다.

이것이 삼위일체이며 삼합의 원리이다.
이것이 합쳐져야 힘이 바르게 발동하며 뒷심도 생기는 것이다.
그래서 우리가 즐겨 하는 숫자도 삼(三)이 되는 것이다.
하늘땅 사람인 천지인(天地人)을 상징하는 수가 된다.

자신의 생년월일시가 그릇이고 차이니 큰 그릇과 고급 승용차를 가지지
않은 것을 탓할 이유는 없다.
그것은 업상(業象)이기 때문이다.

이를 불가에서 말하는 업상(業相)과 그의 비슷하지만 차이는 있다.
역에서의 업상은 절대불변이다.
그것이 변하면 자신의 태어남이 없고 부정하는 것이기 때문이다.
적어도 이 세상에서는 변하지 않는 것은 마땅함의 질서이다.
그러니 탓한들 돌아오는 것은 추한 것 밖에 없다.

업상인 그릇이나 차를 잘 활용하면 즐겁고 아름답게 살아갈 수 있음만 알면 그것으로 족한 것이다.
활용하면서 잘 살아보지도 않고 남의 그릇 남의 차만 좋다고 하면 그것은 보이는 사실만 보는 사람으로 진실을 보지 못하는 것이다.
그래서 현실에서 지독한 경쟁도 생기는 것이다.
사람의 우둔함이다.

아무리 좋고 안락한 고급 승용차라도 장애물이 있으면 사고가 나며 잘 달릴 수가 없는 흙탕 길 시궁창 길이면 당연히 험난한 것이다.
소형 승용차라도 고속도로이면 잘 달릴 수 있으며 좁은 길은 대형 승용차보다 더 좋은 것이 이치이다.

승합차라면 동료나 지인 가족이 같이 하면 당연히 좋은 것이며 버스라면 함께하는 사람이 많이 있으면 더욱 좋은 것이 이치이다.

그릇을 보면 잘 건조하여야 쫄깃쫄깃한 풍미를 느낄 수 있는 맛있는 음식이라면 대바구니에 담아야 품격이 있고 제격인 것이며 오래 보관도 용이할 것이다.

불을 사용하는 그릇이라면 강한 불에도 터지거나 깨어지지 않는 솥이나 냄비 뚝배기가 되어야 하는 것이 필수인 것이다.

사람은 누구나 각자에 맞는 그릇이나 차를 가진 것이다.
이 차로 자신이 때에 맞게 즐겁게 운전을 하며 그릇에 자신의 음식을 담아 때에 맞게 맛있게 먹으면 되는 것이다.

그것을 잘 활용하며 나아가면 즐겁고 아름다운 자신의 인생이며 성공하는 삶이 되고 세상도 아름다운 것이 이치이다.

44. 이름은 자신에게 선한 이름이어야 한다.

자신에게 선한 이름이어야 덕을 쌓을 수 있어 좋은 이름이 되는 것은 마땅함의 질서이다.
그래야 결실의 성과도 당연히 좋은 것이 이치이다.

이름이 자신을 대표하는 것은 누구도 부인할 수 없는 질서이며 대표한다는 의미는 자신과 일치하고 꼭 맞는 것이다.

여기에 나쁘게 극하는 것이나 불용한자 등 거슬림과 성명학의 품격에 맞지 않는다는 것은 자신과 순응하며 일치하지 못하는 불선한 이름이 된다.
그래서 자신과 좋음으로 일치하여 맞는 선한 좋은 이름이 되어야 하는 것이다.

선하다는 것은 수차례 말을 했지만 자신에게 착함인 것이며 그래서 착할 선이다.
자신에게 착함은 전혀 거슬림이 없는 것으로 자의로 공간을 점유하는 위치의 한 획 한 획이 이치에 맞아 조화를 이루는 것이다.

세상에 착한 것을 따라 하다 보면 본인과 괴리가 있어 힘듦이 더할 수도 있지만 자신에게 착한 것일 경우 세상의 착한 것에 잘 조화를 이루어 움직이는 행동마다 항상 덕을 쌓아가는 것이 이치이다.

자신에게 선한 이름은 시대의 때에 따라 다소 시기가 있더라도 잘 극복할 수 있도록 자신을 돕는 이름이 된다.
그래서 경륜이 많아지고 나이가 들어 갈수록 자동으로 덕을 높이 쌓아 가는 것이다.

이름이 자신과 맞도록 하는 것은 재치가 있도록 하는 것도 아니며 권모술수가 능하게 하는 것도 아니며 오로지 자신에게 착함으로 나가게 하여 덕을 쌓아 세상에 장려되는 것이다.
그것이 자신을 정하게 하는 것이다.

선하게 덕을 쌓으니 자동으로 자신에 맞는 현명한 지혜도 가지며 복도 얻는 것이다.

이름이 자신과 맞지 않는 사람이 가장 먼저 행동할 것은 전문가를 찾아서 개명을 하는 것이다.

장사가 잘되지 않을 경우나 사업이 잘되지 않을 경우와 이루는 것이 부족할 경우도 가장 먼저 할 것이 자신과 사업체와 서로 맞는 이름인지를 보고 맞지 않으면 상호변경을 하는 것이 가장 먼저이다.

물론 때에 따라 잘 될 때도 있으며 안 될 때도 있는 것은 당연함의 질서이지만 이름이 맞으면 도산할 이유는 잘 없고 극복이 충분히 가능한 경쟁력을 가지는 것이다.

물론 자신과 사업의 업종이나 품목이 맞지 않을 경우나 장소의 위치가 맞지 않을 경우도 있다.
당연히 변화를 주어야 하는 것이 바른 질서가 된다.
이를 무시하면 본인만 험난하고 스트레스 속에서 이루는 것이 작거나 없어 추하게 된다.
이름만 맞아도 좀 더 오래 사업을 지속할 수 있지만 변경을 할 경우 당연히 좋음이 더욱 같이한다.

이름 잘 작명한다는 것을 한마디로 하면 자신에게 선한 이름을 짓는 것이다.

선한 이름이 아닐 경우 개명을 하는 것은 당연하다.

선하게 나아가는 것을 방해하고 불선으로 향하게 만들기 때문이다.

불선으로 이어지는 것은 나쁨의 흉이 되고 악이 되니 자신뿐만 아니고 세상에 좋지 못한 것이 된다.

당연히 결과도 좋지 못한 것이다.

이런 나쁘고 불선한 이름을 가지고 계속 유지하고자 왜 고집을 피우는지 이해가 잘 가지 않는다.

그것은 조상님에 대한 예의도 아니다.

부모님들이 이름을 잘 지어 주고자 하였지만 방법을 잘 못 알아 모르고 나쁘게 작명한 결과이기 때문이다.

고치고 바로 나아가면 그것으로 족한 것이다.

원망도 필요 없다.

모르고 잘못한 것은 죄를 벌할 수 없는 것이 이법의 질서이다.

그리고 부모님을 포함한 조상님들은 후손이 잘 되기를 항상 소망하며 뒷심이 되어 주고자 하는 것이 이치이다.

45. 우주의 오행성과 사주의 오행.

우주의 은하계 중에 우리가 볼 수 있는 것은 은하계 전체가 아니며 우리의 위치에서 볼 수 있는 밤하늘의 은하수이며 볼 수 없는 것이 더 많은 것이 이치이다.

우리가 속해 있는 곳의 위치공간은 태양계의 항성 속의 지구인 행성에서 위치하고 있다.
현재 살아가고 있는 위치의 주소가 우주 태양계 지구 대한민국이며 이것이 우리의 위치 공간에 대한 질서이기도 하다.

천문학자이어도 다 알 수는 없는 것이 우주이지만 갈수록 신비가 조금씩 풀리고 있으며 과학으로 우주의 관찰도구나 이론이 심층 발달하게 된 역사도 겨우 100년 정도라고 한다.

나날이 더 해가는 과학의 발달로 관측구도 역시 발달이 가속화되어 기구들이 많이 만들어지고 별로 직접 사람이 갈 수도 있다고 하지만 천문학자가 아닌 사람이 우주를 상식 정도로도 알기가 많은 힘이 든다.
그래서 천기 또는 천문이며 과거에는 황제학이라 한 것인 모양이다.

사람의 인문학 학문인 사주학을 하다 보니 조금은 더 가까이 가볼 수밖에 없는 데 많은 한계를 느낀다.
지금 생각하면 학교 다닐 때부터 천문학을 전공을 했으면 더욱 좋았을 것으로 여겨지기도 한다.

정규학교 공부보다는 자연의 신비에 대한 철학에 관심이 더욱 많았던 것 같다. 밤하늘에 반짝반짝 빛나는 아름다운 별이 왜 밤에 반복해서 나타나고 어떻게 하여 생긴 것인지 탄생의 비밀에 대해서 궁금하기도 했다.

사주학의 오행은 별과 관련하여서 보면 다섯 개의 별을 상징한다.
그러니 여섯 개의 별로 표시되며 우리의 마음인 태양을 넣으면 일곱 개의
별이 되는 것이다.

지구인 자신과 목성(木星), 화성(火星), 토성(土星), 금성(金星), 수성(水星)이
여섯 개이며 지구에서 본 오성이며 오행이 된다.

물론 천왕성(天王星) 해왕성(海王星) 명왕성(冥王星)이 행성으로 존재하고
있지만 명왕성은 국제천문연맹에서 지위를 박탈하여 행성으로 인정하지
않고 있으며 역에서는 다섯 개의 별만으로 본다.
물론 역학적 사고이다.

오(五)에서 지구까지가 육(六)이고 태양까지 하면 칠(七)이 되어 이의 결합
을 통해서 팔팔하게 살아가는 것이다.
오행의 양으로 태어나 나를 생각할 때는 수용의 음인 육이 되어 내실을
기하고 태양으로 밝음 받을 때는 발산하는 칠이 되어 세상을 아름답게 하
라는 의미이다.

우리나라가 포함된 동양에서 말하고 있는 오행과 비교하여 보면 실제 별
의 존재 특성을 잘은 모르지만 표출하는 뜻은 거의 일치하고 있는 별이
목성 화성 토성 금성 수성인 것 같아서 참 신기하다.
그리고 은하에 존재하는 별들은 에너지를 사용하며 나아가는 데 그 방향
도 사람이 추구하는 방향과 같다.
그것은 결실의 핵인 오행의 금(Fe, 철심)을 향해 나아가는 것이다.

그리고 서양에서는 목성을 주피터(Jupiter) 화성을 마르스(Mars) 토성을 세턴(Saturn) 금성을 비너스(Venus) 수성은 머큐리(Mercury)라 하지만 이들은 그리스 로마신화와 연관이 되어 있으며 실제와는 전혀 상관이 없다.

이는 우리말의 "해"라는 의미와 영어의 "year"를 비교해보면 너무나 잘 알 수 있다.
우리말의 해는 태양을 바로 상징하며 한해 두해 이렇게 표시할 수도 있고 자연의 직접적인 언어이지만 영어의 year는 태양을 상징하는 "the sun"이라는 의미를 year 속에서도 포용하고 있지도 않으며 찾을 수도 없다.

우리의 조상은 우주에 대해서 조물주 같은 수준에서 알 수 있었던 사람이 존재한 것 같기도 하며 그분이 태호복희씨일 수도 있을 것 같다.

지금까지 밝혀진 오행성의 성정을 상식 정도에서 관찰을 해보자.
오봉(五峰)도 그 정도로 공부하는 것도 기초가 없으니 한계를 느끼며 수준을 벗어나지 못하고 있다.

목성은 오행으로 목(木)이며 나무를 상징하고 세성(歲星)이라 하기도 한다.

목성은 태양계에서 가장 큰 행성이며, 수소(89%)와 헬륨(10%) 기타(1%)의 물질로 존재하고 강력한 자기장을 가지고 있으며 이오(Io) 유로파(Europa) 가니메데(Ganymede) 칼라스토(Callisto)의 갈릴레오 위성과 추가로 발견되어 2019년 3월 현재 79개가 된다고 한다.

질량은 지구의 318배이고 부피는 지구의 1,321배에 이르지만 밀도는 지구의 약 1/4 정도이다.

목성의 가장 깊숙한 내부에는 얼음이나 암석으로 이루어진 핵으로 존재한다.

목성은 태양처럼 차등 자전을 한다.

적도에서는 가장 빠르고 극지방에서는 상대적으로 느린 자전을 한다.

공전주기는 지구의 시간으로 4,332.589일이며 자전주기는 지구의 시간으로는 8.9250시간이다.

행성 중 가장 빠르게 자전을 하는 행성이다.

무거운 별이지만 내부에서 수소가 가벼우니 위로 올라가는 성정과 깊숙한 내부에 얼음이나 암석의 핵이 존재한다.

하루가 여섯 개의 별 중에 가장 빠르게 지나가니 아침을 상징하는 나무의 성정이다.

이는 오행의 목(木)의 성정이다

나무의 성정은 하늘로 올라가려는 성정이기도 하며 땅속으로 뿌리를 내리고자 하는 성정도 가진다.

자기 성찰을 하고 자각을 통해서 큰 능력으로 만물을 양육하는 성정을 가진다.

그러니 봄이고 시작의 기운이 되는 것이다.

자전의 속도가 지역에 따라 달리하니 하루의 시작이 때에 따라 다 다른 것이다.

목성이 대표적 표출하는 현상이 소용돌이와 폭풍이니 바람이다.

이 또한 복희 팔괘에서 손괘(巽卦)가 목이고, 들어가고 나감의 바람이 목이고 또한 나아가고 물러남인 진퇴(進退)가 목의 현상이다.

화성은 오행의 화(火)이며 불을 상징하고 형성(熒星)이라 하기도 한다.

제2의 지구라 하기도 하며 보물창고이고 지구의 밖으로 돌고 있는 첫 번째 외행성이며 780일마다 지구와 충(衝)을 이룬다.

충이란 태양 ⇔ 지구 ⇔ 화성의 일직선을 의미하며 화성의 공전궤도가 타원이기에 충마다의 지구와 화성과의 거리는 다르다.

대기압이 아주 희박하여 지표 부근의 대기압은 0.006기압으로 지구의 0.75%이다.
이는 중력이 작고 대기의 구성요소가 이산화탄소가 95% 정도이며 질소가 3% 정도이고 아르곤 산소와 수증기 등이 존재한다.

금성보다 더 대기가 희박하며 금성과 같은 높은 온도는 가질 수가 없다.
2004년 Mars Express 탐사선에 의해서 매탄에 존재함이 밝혔다.
이는 화산활동이나 혜성의 충돌 혹은 미생물 형태의 존재 가능성이 있다고 생각해 볼 수 있는 것이다.

화성은 두 얼굴을 가지고 있으며 위성도 두 개를 가지고 있으며 포보스(Phobos)와 데이모스(Deimos)이다.

두 종류의 지역으로 나누어져 있으며 밝게 보이는 평원은 산화철이 많이 포함한 티끌과 모래로 덮여 있으며 아라비아 대륙이나 아마조나스 평원으로 불린다.
다른 한 지역으로 어두운 곳은 바다로 생각하고 사이렌의 바다 오로라 만 등으로 불린다.
실제로 물이 있는 바다가 아니다.

화성의 표면은 현무암과 안산암의 암석으로 되어 있으며 먼지로 덮여 있으며 먼지가 대부분 산화철이라 화성은 전체적으로 붉게 보인다.
그리고 화성의 표면 평균 온도는 영하 63도이다.

화성의 공전주기는 지구의 시간으로 687일이며 자전의 주기는 지구와 비슷하며 지구의 시간으로는 지구보다 조금 작은 24시간 37분이다.
양극에는 얼음이나 드라이아이스로 덮여 있는 것도 유사하다. 하지만 자전축은 불규칙하게 변동을 하고 있으며 화성의 질량은 지구의 질량의 1/10 정도이다.

화성은 수성과 같이 많은 분화구가 있어 화산도 많고 높은 산과 계곡도 있으며 물의 흐름에 의해서 형성된 지형도 있으니 오래전에 물도 있었을 것으로 추정을 하니 생명체도 존재하는 것으로 유추하기도 한다.

붉은색을 띠고 있어 화성이며 불이 있어 온도가 높은 화성은 아니다.
물이 없어지고 현재 없으니 불 또한 없는 것이다.
참 묘한 이치이다.
수성이 오행성 중에 가장 작고 그다음이 화성이다.
딱 맞지 않으니 물이 조금 부족하였을 것이다. 그러니 재가 더욱 많은 것이 아닌가 한다.

오행으로 화(火)의 성정은 화성이 두 개의 얼굴을 가진 것과 성정이 유사하다.
성급한 성정으로 인하며 우락부락하여 화냄을 억제하지 못할 때는 추(醜)한 것이며 정열적이라 좋을 때는 아름다운 미(美)인 것이다.
극과 극의 성정을 지니는 것이다.

지구는 달을 하나 가지지만 화성은 달이 두 개인가 보다.

그래서 보이는 것은 화려하고 정열적이지만 내재적 성정은 재만 남는 것
이니 내실이 없으면 허풍으로 가득하기도 하는 것이다.
하지만 충(沖)으로 극(剋) 하면 성장하는 것이 이치이니 스스로 통제하는
물이 있으면 그릇이 바르게 되는 것이다.

화성 표면에 붙어있는 1m 이상의 먼지가 재인 것이다.
물이 불을 끄지 않고 불이 다 타면 재만 남는 것이 이치이니 극하는 물이
있어야 하는 것이 섭리임을 잘 알 수 있다.

복희 팔괘의 화는 이괘(離卦)이다.
밝음이고 진리이다.
불은 다 타면 꺼지는 것이다. 그 재만 남는다.
지금도 화산이 계속 불타고 있지만 언젠가 때가 되면 다 타게 되어 있는
진리를 화성으로 우리에게 보여준 것이다.
불은 주변을 밝혀 주지만 정작 안은 어두워서 볼 수가 없다.
그래서 실제는 존재하지 않지만 속을 볼 수 없는 호수가 화성에 있는 것
이다.

토성은 오행의 토(土)이며 흙을 상징하고 진성(鎭星)이라 하기도 한다.

2019년 3월 현재 62개의 위성을 가지고 있는 오행성 중에 가장 바깥쪽
에 있는 별로 진성이다.

토성은 태양계에서 두 번째로 큰 행성이지만 밀도는 687kg/㎥로 태양계
에서 가장 낮으며 아름다운 고리를 가진 별로 목성에 비해서 소용돌이가

적다.

토성은 기체로 이루어진 행성으로 전체의 96.3%가 수소이며 약 3.2%가 헬륨이다. 토성을 밀도만으로 볼 때 물 위에 뜨는 별이다.

토성은 내부 액체 금속 수소와 빠른 자전으로 인해 강한 자기장과 광범위한 자기권을 형성하며 지구와 같이 약간 기울기를 가진 자기 축과는 달리 토성은 자기 축과 자전축은 기울기를 가지지 않으며 일치한다.
그러니 토를 가진 사람은 주관이 강하고 고집이 센 것이다.

태양에서 14억 2672만 km가 떨어진 토성이라 토성의 공전주기는 지구의 시간으로 29.457년이고 자전주기를 지구의 시간으로는 볼 때 10시간 39분이며 달이 많이 존재하고 있다.

토성은 태양으로부터 받는 것보다 더 많은 에너지를 적외선 복사로 방출한다.
태양으로부터 받은 에너지의 2배 정도이다.
토성이 방출하는 에너지의 원천은 헬륨의 강우가 중력 에너지를 방출하는 것이라 추정을 한다.

오행으로 토(土)는 중심의 기운이다.
토성이 태양을 한 바퀴 도는 데 29.457년이 걸린다.
지구가 태양을 한 바퀴 도는 시간 365.2564일이다.
그래서 토는 움직이기 싫어하며 확실하게 중심을 잡고 움직이고 있으니 오행성 중 가장 태양에서 멀리 있는 토성이다.
토성은 기체로 구성이 되어 있으니 중심을 가지지 않으면 고정되지 않고 안정을 가질 수 없는 것이 이치이다.

그래서 기체이지만 잘 보이는 토에 배속한 것이 아닌가 한다.

복희 팔괘로는 땅을 상징하는 곤괘(坤卦)이다. 중심이다.
집안에서 어머니이니 모든 것을 다 수용하고 알 수 있는 것이다.
그래서 모든 것을 컨트롤할 수 있고 제압할 수 있는 형체를 기체의 덩어리로 가진 진성(鎭星)이라 하였을 것으로 유추된다.

땅에는 간괘(艮卦)와 태괘(兌卦)가 공존하고 있는 것이다.
간은 산이고 태는 연못이다.
그래서 땅에서는 산도 있는 못도 있는 것이 이치이며 기쁨도 있고 험난함도 있는 것이다.

금성은 오행으로 금(金)이며 금을 상징하고 태백성(太白星)이라 하기도 한다.

대부분의 행성은 태양이 동쪽에서 떠서 서쪽으로 지지만 금성은 서쪽에서 떠서 동쪽으로 진다.
다른 행성과 다르게 역방향으로 자전을 하여 역행을 하는 별이다.
거꾸로 도는 행성이라 정의하면 된다.
역성(逆星)의 오행성이다.

해 뜨기 전에는 동쪽 하늘에서 해진 후에는 서쪽하늘에 잘 보이는 별이라 샛별이라 하기도 한다.
이산화탄소가 주성분으로 96.5%이며 질소가 3.5% 정도로 추정을 한다.

탄생 직후 미행성과 수차례 충돌한 것으로 추정을 하며 일산화탄소의 대기 온실효과로 지표가 고온 상태가 되고 화산활동이 활발해지면서 황산

구름이 형성되어 현재의 금성으로 변화된 것이라 추정을 하고 있다.

태양 ⇒ 수성 ⇒ 금성 ⇒ 지구로 지구의 내행성으로 지구와 가까이 있는 별로 가장 뜨거운 별이다.

서양에서는 미(美)의 여신으로 비너스라 부른다.
미의 여신이 아니라 힘의 칼을 사용하는 숙살지기 일도양단의 무서운 여신이면 맞을 것 같으며 동양이나 서양의 종교에도 등장하는 계명성 태백성이다.
이는 계시 또는 예언을 하는 결단을 의미한다.

금성은 지구와 가장 비슷한 별이다.
지구와 크기 질량 평균밀도 중력이 비슷하여 쌍둥이 행성으로 불리지만 가장 큰 특징은 표면 평균온도가 섭씨 464도라고 한다.

짙은 대기를 가지고 있어 태양의 복사에너지를 흡수하여 더욱 많은 양의 열을 방출한다.
그러니 우리와 같은 사람은 존재할 수 없는 것이다.
금성은 수성과 함께 현재로는 위성을 가지지 않는다.

금성은 다른 행성의 궤도에 비하여 가장 원에 가깝고 공전의 주기는 지구의 시간으로 지구보다 140여 일이 적은 225일이다.
그리고 금성의 자전의 주기는 지구의 시간으로 243일이다.
금성은 공전의 주기와 자전의 주기가 비슷하니 특별한 별이다.

하여튼 대단한 별인 것이며 그기에 궤도가 원에 가깝다 보니 원칙론자가 된다.

금성에서는 자기장 거의 측정되지 않는다.

금성의 핵은 금속성이면서 부분적으로 용융 상태이다.

지구처럼 자기장이 있을 것으로 천문학자들은 예측을 했으나 실제는 측정을 할 수 없을 정도로 미미하거나 존재하지 않았다.

이는 금의 성정이 된다.

금은 불인 화에게는 지배를 당하며 용도를 바르게 하지만 화에게 지배당하기 싫으니 불의 뜨거운 성정을 가지는 것이 금성의 성정이다.

남에게 제어를 받거나 통제를 받는다는 것은 자존심이 죽어도 싫기 때문에 통제되지 않고 뜻이 맞지 않으면 혁명을 하는 것이다.

금의 성정 중에 하나가 이끌림을 잘 가지지 못하고 불통의 성정으로 일방적인 것이다.

그러니 자기 마음대로인 것이다.

그리고 자신의 생각에 맞지 않으면 거슬림으로 변화되어 스스로가 절대자이며 사회적 법이나 규범 도덕 상식 윤리가 아니고 자신의 생각이 법이되는 것이다.

그래서 위성을 가지지 못하는 것이 아닌가 유추해 보기도 하며 세상에 살아가면서 충돌이 많은 것이다.

그것은 발생부터가 충돌에서 강해진 금성이기 때문이다.

하지만 자기와 맞는 사람에게는 절대적으로 충성을 하는 것이 섭리가 되는 데 그것은 추구하는 이법이 같기 때문이다.

태호복희 팔괘로 금은 간괘(艮卦)이고 산이다.

간(艮)은 방(方)이 동북(東北)이니 이치에 맞지 않을 수도 있지만 역(易)으로 보면 섭리가 맞다.

어긋남이다.

역리(逆理)의 의미이다.

성장하여 완성을 의미한다.

극(剋)으로 성장하는 섭리라 결실이고 결단이다.

조화를 이루며 변화에 적응하면 겨울을 지나고 이듬해 봄에 다시 새싹이 나는 이치이니 큰 사람이 되는 것이다.

그래서 간(艮)은 산이니 지(止)를 가지며 밖으로 멈춤을 의미하는 결실이다.

그것이 그침이다.

산은 산꼭대기가 반드시 있는 것이며 오르는 길은 여러 갈래이지만 끝의 위치 공간은 같은 것이다.

이는 한계를 의미하기도 하고 자신의 방(方)을 의미하기도 한다.

욕심으로 자기 마음대로 그치지 않고 나아가서 세상사 간섭하는 것은 신(神)의 영역을 침범하는 오만이고 교만이 된다.

수성은 오행으로 수(水)이며 물을 상징하고 진성(辰星)이라 하기도 한다.

지구가 푸른 위성으로 물의 위성이라 하는 데 물을 상징하는 행성을 수성이라 한 것은 대단한 발생이다.

이는 태양에 가장 가까이 있는 위치 공간에 있는 위성의 특성과 가장 작은 태양계 오행성인 수성(지구의 0.38배)이라 그런 것 같다.

그리고 태양계 행성 중에 태양과 가장 가까운 궤도에 있기에 한밤중에는 볼 수 없으며 초저녁은 서쪽 하늘에 새벽은 동쪽 하늘에 잠깐 볼일뿐이라 흐르는 물과 같이 존재의 위치가 미미한 것이다.

수성의 크기는 지구의 위성인 달과 비슷하지만 상당히 높은 밀도를 가지고 있다.

수성은 대기가 거의 존재하지 않고 매우 희박하며 가벼운 가스층이 있으
며 수소 헬륨 나트륨 칼륨 등의 원자가 포함되어 있다.

그리고 수성의 북극에서 얼음과 물이 발견되기도 했다.

현재 수성의 대기는 다양한 방법에 의해서 공급이 되고 있는 데 태양풍에
포함된 수소와 헬륨은 수성의 자기장에 붙잡히고 미세 운석의 충돌로 산
소 나트륨 칼륨 등의 원자는 대지에서 증발하여 나온다.

온도는 밤과 낮의 차가 심하며 태양빛이 있는 낮은 평균 섭씨167도이며
태양빛이 없는 밤은 -163도 정도라 한다.

수성의 공전주기는 지구의 시간으로는 87.969일이며 자전주기는 지구의
시간으로 1407.6시간이다.

공전주기는 지구보다 아주 빠르며 자전의 주기는 지구보다 아주 길다.

달을 음양(陰陽)으로 음을 표출하며 수성도 음의 성정을 가지니 수용의 성
정이 된다.

태양인 양으로부터 태양풍을 받아 대기를 만드는 것이다.

그래서 천지에 작용을 이루는 이치이다.

태호복희의 팔괘의 물의 수는 감괘(坎卦)이다.

감은 물이 되고 도랑이 되고 숨은 것이 되고 바로 잡거나 휨이 된다.

그러니 물이 넘치면 위험한 것으로 물건이 간혹 그 안에 빠지는 것이 된
다.

밤낮의 기온차가 심한 것은 좋을 때는 은택이 되며 나쁠 때는 험난함을
의미하는 것이다.

대기권이 강하지 않는 것은 지혜를 사용하는 것과 같은 이치이다.
지혜로 대기 원을 공급받아 성취하는 것이다.
공전주기 빠른 것은 태양의 빛을 빨리 받는 노력을 하는 것이며 자전주기가 긴 것은 지혜를 사용하는 일을 오래 동안 열심히 하라는 이치이다.

오행성과 오행의 입장에서 정리를 해 보았다.

태양계의 행성은 태양 ⇒ 수성 ⇒ 금성 ⇒ 지구 ⇒ 화성 ⇒⇒ 목성 ⇒⇒ ⇒ 토성 ➡ 천왕성 ➡➡ 해왕성의 위치 공간의 순서와 질서를 가지고 있다.

사람은 목 → 화 → 토 → 금 → 수 →목으로 상생질서와 목 ➤ 토 ➤ 수 ➤ 화 ➤ 금 ➤ 목의 상극질서를 가지며 서로 합 하고 충 하면서 생성과정의 조화로 나아간다.

과학의 발달로 천문학이 획기적으로 발달한 것이 약 100년 정도라 한다.
지금의 과학으로 밝혀진 오행성의 모습을 볼 때 동양의 우주관은 대단하고 경이적인 것이다.

태호복희씨는 BCE 3528~ BCE 3413 년대의 사람으로 천지를 자각하여 오행성이 표출하는 성정을 정확하게 보고 있었던 것 같다.
그것은 복희팔괘이며 오행의 흐름인 하도로 증명이 되는 것이다.
오행성의 이름도 이에 근원이 된 것이 아닌 가 추정을 해 보기도 한다.

오행으로 표출이 되는 사람의 성정을 우주원리와 질서로 증명이 되기도 하는 것이다.
사주는 한 사람인 각자의 우주질서로 표출되는 시의성에 의한 것이다.

이를 연구하는 학문이 사주학이며 각자 개인의 시의성을 직접 연구하는 학문으로 유일한 인문학이다.

우주 태양계 지구 대한민국 경상남도 김해군 대저면 사두리 449번지의 해 달 날 때가 오봉의 탄생 위치 공간으로 첫 시작인 것이며 이를 기본으로 히여 자라고 성장을 하며 이때의 위치공간에서 존재하고 그때가 되면 돌아가는 것이 오봉의 일생이며 운명의 삶 모습이다.
오봉이 태어난 옛날의 주소이며 지금은 부산광역시로 변화되었다.

46. 발인 족을 보고 충족하고 만족하는 것이다.

사람의 구조에서 가장 낮은 위치에 있으며 작은 발인 족으로 움직이며 살아가는 것이다.
그래서 이를 한계가 되기도 하지만 영역이 되기도 하며 기준이다.

사람은 누구나 자신의 일에 만족하며 즐겁고 아름답게 살아가는 욕심을 가진 것은 당연하고 마땅함이다.
그렇지만 그 욕심이 과하거나 지나치면 되지 않고 그 기준의 영역이 자신의 몸에 명확하게 있다.
욕심은 자유이지만 행동은 몸이 하는 것이다.

몸에 과하여 지나치면 자신의 등에 짐을 많이 지니 어깨가 무거워서 발이 힘들게 되고 병들게 되어 추한 것이다.
당연히 성과가 부족하며 이루는 것도 없거나 작은 것이다.
이를 허사라 하며 실패라 한다.

그래서 그 기준이 자신의 몸에서 발이며 발인 족(足)을 보고 능력에 맞게 충족(充足)하고 만족(滿足)하는 것이다.

그래서 발은 작고 몸의 구조에서 가장 밑에 있는 것이며 자신을 지탱해주는 아주 중요한 의미를 역학적으로 가진다.
자신을 바로 세우고 직립보행을 하는 사람에게는 더욱 의미를 더한다.
그래서 발 足(족)의 문자를 통해서 소통하고 의미를 들여다본다.

足(족)은 사람의 발에 국한하지 않고 동물을 포함한 만물의 발이라는 의미나 뿌리 또는 만족하다는 사전적인 뜻을 가진 단어이다.

자의의 형상을 풀어보면 발 지 (止)와 입 口(구)가 합한 문자가 足(족)으로 입은 먹고 말하는 기관이니 그것을 발로 구한다는 의미를 가지고 있으며 부수(部首)로도 자리하게 되었다.

현묘한 자연의 이치로 발 지(止)는 그칠 지(止)와 같은 문자이며 그칠 지(止)가 발 지(止)도 되는 것은 당연하다.

그러니 족 의미는 가고 멈춤의 때가 같이 더불어 하며 아주 중요하다.
물론 부수로 사용 될 때는 대부분 '가다.'라는 의미가 내재된 한자로 변화된다.
그렇다고 무한정 가는 것이 아니고 영역 안에서 피곤하지 않게 그치며 가는 것이다.
부수는 머리로 지정하여 통상적으로 사용되는 것이니 영역이 더욱 확대되기도 한다.
입 구(口)를 키우면 나라 국(口)이 되는 것이라 성(城)을 의미하기도 한다.

그래서 성을 향해 걸어가는 바른 모습을 그린 것으로 바를 정(正)과 같은 글자였으나 금문에서부터 분리 되었다고 한다.
역(易)에서는 모든 것이 얼마든지 변하여 화할 수 있어 변역(變易)의 세상이라 말하지만 근본은 변하지 않는 불변(不變)의 법칙도 있다.

그래서 발 족(足)에는 근본은 변하지 않으니 바름의 의미가 내재되어 있는 것은 당연하다.
정(正)은 바름을 의미하기도 하지만 자신의 곧음인 정(貞)을 의미하기도 한다.

그래서 걸음걸이를 바르게 하는 발이 중요한 것은 당연하다.

자신을 지키는 것도 바른 걸음이어야 하고 확대되어 나라를 지키는 것도 바른 걸음이어야 하는 것이며 걸음걸이는 발이 행동하는 것이다.

사람이 바르게 살아가는 목적이 자신을 정하게 세우기 위함이다.
그래서 원형이정(元亨利貞)을 하늘의 변화질서로 받았고 그것을 표출하는 것이 인의예지(仁義禮智)이다.

지상에서 자신의 인의예지를 사용하여 자신의 발에 과하지 않게 희열을 등에 지고 발을 사용하며 걸어가는 것이다.
여기에 지(智)는 세상의 진리를 자신 것으로 만든 지혜이다.
그것으로 힘들 때는 멈추어서 휴식을 하면서 다시 생각하고 즐거울 때는 앞으로 힘차게 나아가는 것이다.
그것을 알면 세상을 충족하고 자신에게 만족하는 것이다.
그것이 발 지(止)이며 그칠 지(止)가 한 단어가 들어있는 발 족(足)이다.

47. 사람은 신이 아니다.

사람이 신이 아니라는 것은 완벽하지 못한 인간이 사람이라는 것을 강조하기 위해서 신을 데리고 왔다.

만물의 영장인 사람이지만 신이 아니기에 완벽할 수는 없다.
그러니 실수를 할 수 있는 것은 마땅함의 질서이다.

신은 수로 십(十)을 상징하니 사방 어느 곳에도 원하면 동시에 다 존재할 수 있으며 이동에 걸림이 없는 시공을 초월한 공간의 자유를 가진 것이다.
그래서 신은 실수를 하지도 않겠지만 실수를 하면 되지 않고 하면 바로 허물이 된다.

사람은 그러하지 못한 것이다.
공간을 마음대로 움직이는 자유가 없으며 자신의 나아가는 방향이 있는 것이다.
이를 방위를 말하는 모 방(方)이다.
한쪽으로만 나아갈 수 있는 것이다.
동시에 둘로 나누어 나아갈 수 있거나 네 방향으로 갈수 있으면 사람이 아니다.
하지만 지금은 도구가 발달되어 가능한 것이 되어 가고 있지만 아무리 그래도 역시 한계를 가진다.
그것은 실체가 없는 것이기 때문이다.
물론 신도 보이는 실체가 없으니 그것으로 동격이라 보면 되지 않는다.
사람은 태어날 때 가지고 나온 제약조건이 몸이라는 실체를 가진 것이다.

다른 말인 역으로 표현하면 이 세상으로 태어날 때 여덟 개의 팔자(八字)만 가지고 나온 것이다.
자신이 그렇게 만든 것이 아니며 조물주가 변화질서로 그렇게 만들었다.

그래서 부족함이 많지만 신과 같이 되고자 노력을 하는 것이 사람이다.
이를 두고 구수(九數)와 십수(十數)를 지향한다고 한다.

구수는 팔팔하게 살아가는 사람이 능력으로 가질 수 있는 마지막의 수라
구구 팔십일이다.
곱이니 공간이다.
81의 공간은 인간세상의 모든 활동범위를 말한다.
좋고 나쁨의 길흉도 당연히 포함되어 있다.
이를 초월한 극지에 이르면 십수가 되는 것이다.

오늘은 신이 아닌 사람이기에 허물이 없이 무구하게 살아가는 방법에 대
해 풀어보고자 한다.

사람이 살아가는 81의 공간에서는 잘못을 하면 돌아와 고치면 허물이 없
으며 잘살아가는 것이며 즐겁고 아름다운 것이 된다.

신은 조금의 잘못이 있으면 바로 허물이 되지만 사람은 실수도 허물이 되
지 않는다.
다만 너무 멀리가 큰 강을 건너 돌아올 수 없으면 그것이 허물이 되고 악
인(惡人)을 상징하기도 하는 비인(匪人)이 되며 금수(禽獸)와 같다고 했다.

자신의 잘못을 알고 돌아와 고치고 나아가면 허물이 없이 무구한 삶이 되
는 것은 마땅함의 질서이기도 하다.
그렇다고 잘못이나 실수를 마음 것 하라는 의미는 절대 아니다.
다발 되면 때를 놓치게 되니 당연히 멀리가 돌아올 수 없는 것이다.

자신의 잘못을 바르게 고치는 사람은 다시 그 실수를 반복하지 않는 것
또한 바른 사람이다.

자신의 태어날 때 가지고 나온 마땅함의 질서로 순수함인 자신의 참진 모습이 나아가는 데 자신에게 착함인 선한 모습에 적극적이고 정열적인 모습이 되지 못하거나 의심을 하면 불선으로 탈선하기 시작하는 조짐이 된다.
계속 방치하지 않고 돌아와 고치면 선한 것이 되기에 당연히 허물이 없는 것이다.

이를 고치지 않고 자만이나 욕심으로 계속나아가면 오만이 되어 소통이 되지 않아 불선이 되고 자신의 선한 길에서 이탈하는 것이다.
그러면 사람이 아니고 날짐승과 다를 바 없으며 같은 것이다.

사람은 실수를 염려할 필요는 없으며 사람이니 실수를 할 수 있는 것은 당연한 것이다.
불선도 고치면 선이 되는 것이다.
방치하면 나쁨이 되고 흉이 되고 나아가 악이 되는 것이다.
고치지 않는 것만 문제인 것이다.

사람은 자신의 잘못을 고치는 데 인색하면 절대 바르게 살아갈 수 없다.

48. 비탈길도 오솔길을 산책하듯이 가자.

삶의 비탈길도 오솔길을 산책 하듯이 주변의 경치도 보며 소통하고 여유 롭게 즐기면서 가면 멋있고 아름다운 길이 된다.
물론 비탈길은 힘들고 험난한 길이라 그럴 여유가 없을 것이다.
그렇게 생각하면 그 길은 항상 힘들 뿐이다.
성취감의 희열의 즐거움은 영원히 없다.

비탈길이라도 세상에 아! 이런 멋진 경치도 있구나? 감상하면서 여유롭게 즐기면서 자연과 소통하고 조화를 이루어 가면 세상이 잘 보여 비탈길도 힘들지 않고 시련도 화하여 희열의 즐거움이 되고 아름다워지는 것이 섭 리이다.

보이는 몸도 자기 뜻대로 되지 않는 것이 이치인데 보이지 않는 마음이야 오죽할까마는 그래도 마음으로 조정할 수 있어야 하는 것은 마땅함의 질 서이다.
인생 삶의 길목에서 마음을 조정할 수 없으면 즐겁고 아름답게 살아가기 가 힘이 들며 세파의 탁류에 휩싸일 수밖에 없다.

오봉의 블로그에 직접 내용을 만들거나 이론을 정립한 글이 1,700개 정 도 있으며 물론 의도된 괴변도 있지만 글도 때가 되면 계속 늘어 날 것은 자명하다.

그래서 계획은 거대하다.
"해와 달 날 때의 사주이야기"책과 "성명학 인명용 한자사전"을 출판했고 "삶의 비탈길도 오솔길을 산책하듯이 가자." 출판하면 3권의 책이 된다.
앞으로 책을 4탄 5탄 계속 펴낼 생각이다.

언젠가는 초보에서 벗어나 자연스런 작가가 되지 않을까 한다.

블로그에 최근에 쓴 글을 위주로 47개의 글을 뽑아 다시 정리를 하여 선정을 하고 약간의 각색을 하여 만들어 놓은 후에 지인이 연구소를 방문하였기 제목을 어떻게 하면 좋을까라고 소통을 해 보았다.

48개의 글을 다 읽고 나면 자신의 길을 어떻게 나아갈지에 답을 얻을 수 있어 험난한 힘든 비탈길을 가지 않고 자신의 손가락이 가리키는 바대로 꽃길인 선한 길을 갈수 있을 것이라는 취지를 말했다.
물론 작가의 의도일 뿐이기는 하다.
그러니 지인이 바로 "삶의 비탈길도 고속도로가 된다."라고 제목을 정하라고 했다.

그렇지만 그렇게 하지 않고 고속도로보다는 오솔길이 보다 정서가 있고 여유가 있는 길이라 "삶의 비탈길도 오솔길을 산책하듯이."에 가자라는 의미를 추가하며 " 삶의 비탈길도 오솔길을 산책하듯이 가자." 라고 정했다.
꼭 가야한다는 의미를 추가했다.
물론 고집은 아니고 여유를 드리기 위한 방법이다.
고속도로는 잘 달릴 수 있으니 성과가 좋을 것이지만 여유가 거의 없다.
오솔길은 여유로운 길이다.

세상의 인생 삶은 여유가 없으면 이루어도 소용이 없고 허사가 된다.
고속도로 같이 빨리 고속으로 달린 들 여유를 가지지 못하면 가득 찬 것도 모르고 더 채우고자 하는 욕심만을 더하니 꽉 찬 똥 밖에 없는 것이다.
똥의 배출이 없으면 사람은 당연히 고생을 하는 것이 이치이다.

먹은 것을 변으로 배출하는 것은 바른 질서이며 잘 하지 못하면 변비가 되는 것이다.

성공도 자신의 것만 아니며 사회의 사람과 만물이 더불어 하여 이룬 것이니 자신이 필요한 에너지를 사용하고 남은 것은 돌려주는 것은 당연하며 그리고 다시 채우며 살아가는 것이 순환의 변화질서이다.
그러면서 자신의 맛을 더하여 성숙되어 가고 바르게 하여 정하는 것이다.

그래서 비탈길은 힘든 것의 중요성을 강조하기 위해 자연에서 가지고 왔으며 오솔길에서는 여유롭지 않은 사람은 가지 못하는 길이니 가지고와 제목을 정했다.

마음이 꽉차있으면 여유가 없다.
물질적으로 아무리 가져도 소용이 없다.
더 채우고자 하는 욕심이 과욕이 되어 채우지 못하는 것에 대해 항상 불안하니 미래에 대한 걱정만 가득하고 여유가 없으니 배려도 없고 겸손도 없다.
꽉 찬에게 채워보았자 채워지지 않아 허사가 되는 진리를 자신의 지혜로 만들어 알아야 한다.
마음에 여유의 공간을 확보하지 못하면 살아보아도 즐거움도 아름다움도 없다.
즐거움과 아름다움은 여유에서 자연적으로 생기는 것이다.
멋이다.
그것이 물질적인 물상의 여유가 아니라 마음의 여유이다.
그러면 배려의 마음도 생기고 겸손하여지는 것은 마땅한 것이다.

마음의 여유를 가지지 못하거나 마음을 자신이 마음대로 관리할 수 없을 때는 억지로라도 역동적인 수행의 힘을 사용하여서라도 마음을 마음이 마음대로가 아니고 자신이 마음대로 할 수 있는 능력을 습관화하여야 한다.
그리하여 자연스러운 습성이 되어야 하는 것이다.
그것이 자신이 자신의 착함인 선으로 나아가는 자기성찰이다.
그것이 자신을 바로 보는 눈이 된다.

눈 아래에 있는 모든 것이 눈 아래에 있는 것이 아닌 자신의 분신과 같은 진실을 보는 것이다.

관상적인 관점에서 눈 밑의 점은 자식과 관련된 것으로 본다고 한다.
그래서 세상을 여유를 가지고 겸손과 배려로 보면 앞으로 잘 되는 것이며 자식이 잘되게 하는 것이다.

"삶의 비탈길도 오솔길을 산책하듯이 가자."의 의미는 모든 것이 마음에 있다는 것이다.
물론 행동하는 때는 사람의 몸이다.
하지만 그 몸을 지배하는 것은 역시 마음이다.
마음이 여유롭지 못하면 몸을 바르게 지배할 수 없으니 험난하고 추한 것이다.

비탈길도 마음으로 즐기면서 가면 정상에서 희열을 맛볼 수 있는 것은 당연하다.
산의 정상에 오르면서 힘든 시련이 화한 즐거움이 모여 느끼는 최상의 희열이며 그곳에서 세상을 바라보는 경치는 당연히 아름답다.

삶의 비탈길도 오솔길을 산책하듯이 가자.

발　행 | 2022년 09월 20일

저　자 | 오봉 김정곤

펴낸이 | 한건희

펴낸곳 | 주식회사 부크크

출판사등록 | 2014.07.15.(제2014-16호)

주　소 | 서울특별시 금천구 가산디지털1로 119 SK트윈타워 A동 305호

전　화 | 1670-8316

이메일 | info@bookk.co.kr

ISBN | 979-11-372-9558-2

www.bookk.co.kr